S0-EOG-951

# Le Fils de l'homme

# DU MÊME AUTEUR

## I. — ROMANS

L'Enfant chargé de chaînes.
La Robe prétexte.
La Chair et le sang.
Préséances.
Le Baiser au lépreux.
Le Fleuve de feu.
Génitrix.
Le Désert de l'amour.
Thérèse Desqueyroux.
Destins.
Trois Récits (nouvelles).

Ce qui était perdu.
Le Nœud de vipères.
Le Mystère Frontenac.
Les Anges noirs.
Les Chemins de la mer.
La Fin de la nuit.
La Pharisienne.
Le Sagouin.
Galigaï.
L'Agneau.

## II. — POÈMES

Les Mains jointes.
L'Adieu à l'adolescence.

Orages.
Le Sang d'Atys.

## III. — ESSAIS ET CRITIQUES

La Vie et la mort d'un poète.
Souffrances et Bonheur du chrétien.
Commencements d'une vie.
Discours de réception à l'Académie française.
Journal, tomes I, II, III, IV et V.
Le Jeune Homme.
La Province.
Petits essais de psychologie religieuse.
Supplément au traité de la concupiscence.
Dieu et Mammon.
Journal d'un homme de trente ans (extrait).
Blaise Pascal et sa sœur Jacqueline.

Pèlerins de Lourdes.
Jeudi saint.
Vie de Jésus.
Le Roman.
René Bazin.
Le Drôle.
Le Romancier et ses personnages.
Bloc-Notes.
La Vie de Jean Racine.
Le Bâillon dénoué : après quatre ans de silence.
Sainte Marguerite de Cortone.
Le Cahier noir.
La Rencontre avec Barrès.
Réponse à Paul Claudel.
Mes grands Hommes.
Du côté de chez Proust.
La Pierre d'achoppement.
Paroles catholiques.

## IV. — THÉÂTRE

Asmodée.
Les Mal Aimés.
Passage du malin.

Le Feu sur la terre.
Le Pain vivant.

# FRANÇOIS MAURIAC
*de l'Académie Française*

# LE FILS
## DE
# L'HOMME

---

**BERNARD GRASSET, ÉDITEUR**
**61**, RUE DES SAINTS-PÈRES, VI<sup>e</sup>
*PARIS*

Tous droits de traduction, de reproduction
et d'adaptation réservés pour tous pays,
y compris la Russie.

© 1958 by Éditions Bernard Grasset.

A ELIE WIESEL

    qui fut un enfant juif
    crucifié. Son ami.

        F. M.

*pas seulement glorieux, comme l'a dit un prophète, mais dont le sépulcre est aimé. Il y a un homme dont la cendre, après dix-huit siècles, n'est pas refroidie; qui chaque jour renaît dans la pensée d'une multitude innombrable (...) Il y a un homme mort et enseveli, dont on épie le sommeil et le réveil, dont chaque mot qu'Il a dit vibre encore et produit plus que l'amour, produit des vertus fructifiant dans l'amour. Il y a un homme attaché depuis des siècles à un gibet, et cet homme, des milliers d'adorateurs Le détachent chaque jour du trône de son supplice, se mettent à genoux devant Lui, se prosternent au plus bas qu'ils peuvent sans en rougir, et là, par terre, lui baisent avec une indicible ardeur les pieds sanglants. Il y a un homme flagellé, tué, crucifié, qu'une inénarrable passion ressuscite de la mort et de l'infamie, pour Le placer dans la gloire d'un amour qui ne défaille jamais, qui trouve en Lui la paix, l'honneur, la joie et jusqu'à l'extase. Il y a un homme poursuivi,*

« *Poursuivant l'amour toute notre vie, nous ne l'obtenons jamais que d'une manière imparfaite qui fait saigner notre cœur. Et l'eussions-nous obtenu vivants, que nous en reste-t-il après la mort? Je le veux, une prière amie nous suit au-delà de ce monde, un souvenir pieux prononce encore notre nom, mais bientôt le ciel et la terre ont fait un pas, l'oubli descend, le silence nous couvre, aucun rivage n'envoie plus sur notre tombe la brise éthérée de l'amour. C'est fini, c'est à jamais fini, et telle est l'histoire de l'homme dans l'amour.*

*Je me trompe, Messieurs, il y a un homme dont l'amour garde la tombe, il y a un homme dont le sépulcre n'est dans son supplice et sa tombe, par une inextinguible haine, et qui, demandant des apôtres et des martyrs à toute postérité qui se lève, trouve des apôtres et des martyrs au sein de toutes les générations. Il y a un homme enfin, et le seul qui ait fondé son amour sur la terre, et cet homme, c'est Vous, ô Jésus! Vous qui avez bien voulu me baptiser, me oindre, me sacrer dans votre amour, et dont le nom seul, en ce moment, ouvre mes entrailles et en arrache cet accent qui me trouble moi-même et que je ne me connaissais pas. »*

LACORDAIRE.

# I

# Le Mystère du Dieu-Enfant

MÊME à l'âge du déclin, nous nous reconnaissons dans l'enfant de la crèche, nous sommes ce petit enfant. Une part de notre être, la plus enfouie, c'est cet enfant qui ignorait le mal et qui par là était semblable à Dieu; car Dieu n'est pas seulement le Père, il est aussi l'enfant éternel. Non que nous adorions la faiblesse, c'est au contraire la force de l'enfant qui nous ravit, sa toute-puissance : sur les cadavres des héros nietzschéens et sur les charniers qu'ils ont comblés de martyrs avant d'y ajouter leur propre pourriture, la pureté de l'enfant demeure et triomphe, — et même en nous, quelle qu'ait été notre vie, il est possible de la rejoindre. Après la communion, le chrétien descend en lui-même, traverse la couche épaisse des actes irréparables, le lourd amas des crimes pardonnés et découvre l'enfant qui revient à sa place sur le banc à gauche, le 12 mai 1896, dans cette chapelle du collège qui n'existe plus. Il est cet enfant; rien de changé que ce corps à demi détruit déjà. Mais Tu es là toujours, tendresse, Tu es là, amour dont j'ai su discerner le reflet sur les visages des saints qui ont traversé ma vie, amour à qui si souvent j'ai crié : « Éloigne-toi! »

Aujourd'hui, nous savons ce que l'Écriture entend par « homme de sang ». Nous connaissons les hommes de sang. Nous ne feindrons pas d'avoir honte devant eux de notre enfance. Nous sommes du côté de l'enfant Abel assassiné, mais aussi du côté de l'enfant David victorieux et de l'enfant Joseph qui règne sur l'Égypte et des enfants hébreux qui chantaient de joie dans la fournaise et à qui étaient soudans ce petit enfant. Mon enfance éternelle et ma chair souillée, je les assume aussi mais sans les accorder : l'une surgit sur le cadavre de l'autre et chacune à son tour fait la morte. Cette marée de la chair et du sang, ô Dieu, ce flux et ce reflux qui recouvre et découvre mon enfance, cette écume qui l'ensevelit à jamais semble-t-il (et tout à coup la voici de nouveau intacte et je suis pareil au petit garçon qui pleurait à son banc, le 12 mai 1896) ces flots sont donc les seuls qui ne Vous obéissent pas?

Qu'il est difficile de demeurer immobile auprès de l'enfant que Vous êtes, de n'être pas entraîné vers le gouffre de votre humanité torturée, vers votre passion et votre mort! Nous cédons à l'attrait de cette ressemblance entre Vous et nous : la souffrance étant la mesure de l'humanité en Vous, un instinct précipite ceux qui Vous aiment à l'appel de votre voix haletante, vers ces instants atroces de votre destin. Mais

## MYSTÈRE DU DIEU-ENFANT

mis les lions et les flammes. Nous sommes du côté de notre Dieu enfant qui a promis aux doux la béatitude. L'homme fort selon le monde, c'est la brute traînée par la meute de ses instincts jusqu'à ces extrémités que notre génération a vues en Espagne, en Allemagne, en Russie, chez nous aussi hélas ! et dont la vision est à elle seule une souillure. L'humanité, après qu'elle eut par la bouche de Nietzsche proclamé la mort de Dieu, s'enfonça dans une infamie, dans une lâcheté immonde, elle aboutit à cet acharnement des bourreaux, des polices, contre des créatures désarmées et livrées.

Toute-puissance du Dieu enfant nu sur la paille, qui assume, qui concentre en son être fragile le double torrent des deux natures : « Le Verbe s'est fait chair... » Par analogie, et à une distance infinie de ce mystère des mystères, l'homme charnel et souillé demeure uni selon la Grâce qu'il a reçue dès sa venue au monde, à l'Amour incarné (mais ce n'est pas son nom véritable) et qui ne s'appelle pas encore Jésus, — et sans doute a-t-il reçu ce nom de toute éternité; mais sur la paille de Bethléem, il n'est encore que « Celui qui est » : non pas l'Enfant-Dieu, mais le Dieu enfant; cet amour, ce fleuve d'avant la traversée de la chair, je l'adore en tremblant de joie, à genoux sur les fosses communes de l'Europe, avec en dessous de moi les ossements des camps de représailles, les cadavres carbonisés des enfants et des femmes dans les décombres des villes françaises, allemandes, russes, japonaises... Je crois en Vous, enfance de Dieu, amour encore aveugle, encore ignorant du meurtre innombrable; car le connaître ce serait y participer; mais l'enfant de la crèche est étranger à ce sang répandu, ignorant de la souillure humaine. Il va falloir que Vous y pénétriez pour l'expier. Mais l'enfant de la crèche ne sait rien encore. Il déborde encore de l'inconscience infinie. Dieu ce n'est pas au pied de la croix, c'est à genoux devant la crèche du Dieu enfant que nous sommes peut-être le plus près de Vous à peine entré, à peine inséré dans l'humain. Vous voici, enfance infinie qui n'avez pas à nous pardonner des crimes que Vous ne comprenez pas.

Ce qui nous attirait vers votre corps adulte, torturé, crucifié, percé de la lance, c'était sa conformité avec le nôtre. Christ de douleurs, notre tentation adorable et bien-aimée, en qui nous nous cherchons et nous trouvons nous-mêmes, donnez-nous la grâce de nous attarder à votre berceau, de nous pencher longuement sur l'Être infini capté à sa source dans un peu de chair. Ce sentiment d'adoration lorsque nous tenons le petit enfant dans nos bras ne rappelle en rien l'amer bonheur que nous donne une croix pareille à la nôtre où est attaché un corps pareil à notre corps. Non, la crèche, c'est, à l'état pur, Celui que nous appelons Dieu en lui, Dieu omniscient n'a encore rien éprouvé, rien ressenti. Il est connaissance éternelle, il va devenir, dans quelques années, sur les routes de Galilée et au Calvaire, sensation de la douleur, mais voici l'entre-deux : le nouveau-né de Bethléem est la pureté qui s'ignore, l'amour qui ne se connaît pas lui-même, le feu qui ne sait pas qu'il est le feu... ou peut-être le sait-il? Mais ce n'est pas par ce qu'il sait ou pressent, de la condition humaine, qu'il nous retient, c'est par ce qu'il apporte avec lui du Royaume qui n'est pas de ce monde et d'où il vient. Tous les autres fils de l'homme, le jour de leur naissance, surgissent du non-être. Seul Celui-là émane de l'Être, passe de l'éternité au temps, de l'éternel à l'éphémère. Je me détourne un bref instant de la Face insultée à cause de nos crimes et serre contre mon cœur ce nouveau-né. Je ne parlerai pas, en cette nuit de Noël, à la petite hostie, de mes souillures, je la bercerai, je l'endormirai dans mon amour comme mon fils premier-né : on ne parle pas du mal à l'ignorance incarnée du mal.

Cette porte ouverte par où, du côté paternel, un torrent d'hérédités nous submerge, ouvre pour l'Enfant Jésus sur l'Être infini, sur le Père. Il n'afflue de là, sur lui, qu'un océan de divinité, tandis que nous, pauvres pécheurs, nous recueillons les passions occultes des morts de notre race : sinistre course au flambeau où chaque homme laisse après lui les torches qui consumeront ses descendants, et dont les flammes conjuguées finiront par embraser un monde voué au meurtre et aux vices abominables. Seigneur qui échappez à ces hérédités sous lesquelles nous gémissons et pleurons, qui ne connaissez pas seulement le secret des cœurs mais ceux des corps, Vous dont la Grâce se heurte moins à la mauvaise volonté de ceux qui Vous aiment qu'à ces germes obscurs déposés par les ancêtres, à cette écharde dont saint

Paul était torturé, prenez en pitié les fous et les folles qui parfois se réveillent dans un abîme où ils ont été précipités dès avant leur naissance.

Enfant, je deviendrai enfant pour m'approcher de Toi. Pas plus qu'il n'est de mort, il n'est de vieillesse pour ceux qui T'aiment : sinon comment seraient-ils sauvés? Car s'il est vrai que le Seigneur exige de ceux qui Le suivent qu'ils portent leur croix, Il ne leur enjoint pas d'être comme Lui crucifiés (sinon au petit nombre de ses saints...); en revanche, Il nous déclare à tous tant que nous sommes qu'il faut être semblable à un petit enfant pour entrer dans le Royaume et que nous devons accueillir le Royaume de Dieu avec un cœur d'enfant. « Si vous n'êtes semblables à l'un de ces petits... » Donc aucune autre chance de salut que de redevenir enfant. Le vieil auteur amer et moqueur, comme il a peu de peine à accueillir cette condition qui lui est imposée! Personne que Vous, mon Dieu, ne pourrait le croire. Mais Vous, Vous le savez. O genoux maternels que notre front ravagé cherche encore! Refuge, blottissement loin de la vie atroce! Tu y as joué des coudes tout comme un autre, et ceux qui me paraissent féroces, dissimulent sans doute en eux ce même enfant. La férocité humaine est une écorce formée par les alluvions de la vie; mais le mystère de l'enfance demeure au centre de l'être, enfance blessée par le péché originel, il est vrai (ce qui donne en partie raison à Freud)... Mais je crois tout de même à cette sainteté de l'enfance, à cette bonne foi, à cette confiance, à cette faiblesse sacrée que nous dissimulerons jusqu'à notre dernier jour et qui est la part angélique de nous-mêmes, appelée à la résurrection, à la contemplation éternelle de votre Face. O Vous que le monde accuse de calomnier la vie et de créer une race d'inadaptés, d'infirmes, Vous appelez en nous, Vous suscitez hors de notre médiocre infamie quotidienne, un Lazare enfant, un enfant éternel.

Tous les hommes s'amusent comme des enfants. Dans les ténèbres de l'avant-scène, tournant le dos aux acteurs qui jouent ma pièce, j'observe ces rangées de têtes attentives ou hagardes. Je me souviens : c'est le public du guignol de mon enfance. Ils n'ont pas changé, ils pleurent ou ils rient de tout leur cœur. En Alsace, j'ai vu durant une semaine les grands chefs se donner chaque jour le spectacle d'une revue; ils débordaient d'une inépuisable joie, — ils jouaient toujours avec leurs soldats de plomb, — avec des soldats de chair sous un soleil de plomb. Les hommes jusqu'à la fin s'amusent de billes et de boules. Ils ont de vrais chevaux, de vraies armes. Ils ne sont plus obligés d'imaginer, d'inventer, de recréer le réel : c'est un vrai cheval qu'ils ont entre les jambes et dans leurs mains un fusil qui tue « pour de vrai ». Leurs crimes aussi sont des crimes d'enfant : les nazis arrachent les pattes des insectes humains. Cette profonde insensibilité de l'enfant à la souffrance des bêtes se trahit dans l'horreur de ce que nous avons vu durant ces années sanglantes. Si la corruption de l'enfance est la pire, la sainteté de l'enfance est celle qui Vous ressemble, mon Dieu. C'est celle qu'il importe de dégager dans tout être humain. L'absolution ne la fait surgir dans la plupart des hommes qu'un peu avant la mort. L'innocence de cette dernière larme sur la joue d'un mourant... Soyez béni, Seigneur, qui ne Vous appelez pas celui qui damne, comme Vous le rappeliez dans une vision à mon patron François de Sales, qui Vous appelez Jésus. Et lorsque la vague nous couvre, la vague immonde, selon les lois inéluctables des marées (quel astre fatidique règle la montée et le reflux de cette boue en nous?), aucune explication n'est à donner, ni d'excuses, au Dieu enfant qui ne comprendrait pas.

Nous ne demandons pas compte à un enfant de cette création incompréhensible où il s'insère pour la sauver, sans la sauver, puisque l'enfer continue d'embraser l'éternité. L'infini s'engouffre dans un fini tissé de crimes : il s'y fixe par deux morceaux de bois entrecroisés qui vont à leur tour susciter des milliards de martyrs et de bourreaux, allumer des bûchers, déchaîner des croisades, des guerres étrangères et intestines, enchaîner des destinées à des lois inhumaines. Ce doux être frémissant de froid au bord d'un monde criminel, tandis que des anges promettent aux hommes de bonne volonté, une paix qui ne se découvre qu'au-delà d'un comble d'angoisse (et les soldats d'Hérode aiguisent dans les ténèbres leurs couteaux pour un massacre d'innocents qui ne finira jamais) c'est l'énigme chrétienne, ce sont les chiffres du rébus indéchiffrable dont le petit enfant a le mot mais qu'il ne nous a pas livré lorsqu'il fut devenu homme.

Et pourtant, nous savons qu'il existe, ce mot, et lui-même nous l'a laissé entendre lorsqu'aux disciples murmurant : « Personne donc ne sera sauvé ? » il répondit : « Rien n'est possible à l'homme, tout est possible à Dieu. » Ce dernier mot inconnu, il ne nous sera livré que quand notre malice ne pourra plus s'en armer pour servir d'excuse à notre assouvissement. Le petit enfant garde jusqu'à la consommation des siècles ce secret dont l'homme abuserait pour s'en donner à cœur joie. Il n'existe pas de nature de Dieu ni de définition de Dieu, mais un amour qui se connaît lui-même et qui se reflète dans des créatures mystérieusement blessées dès leur naissance.

Blessure envenimée sans cesse et irritée par cet ange sombre, maître d'un monde qui ne croit pas qu'il existe. L'Histoire est encore plus déterminée que les hommes d'aujourd'hui ne l'imaginent, toute pénétrée qu'elle est d'une malignité essentielle. Et per-

sonne d'autre pour déranger cet ordre
maléfique, personne que mon Dieu
enfant. Quelquefois, j'ai eu la hantise
de m'éloigner de Toi. Je n'en pouvais
plus de ton silence, de ton absence. Car
qu'y a-t-il de plus absent qu'un nouveau-né? Avec qui est-on plus seul
qu'avec un petit enfant dans ses bras?
Accepter le risque de ta colère inimaginable, me mêler à la foule de ceux
qui ne croient qu'à l'homme sur la
terre, qu'à sa force, qu'à son corps
à corps avec la matière gorgée de
richesses, pleine de forces enchaînées,
qui ne cherchent pas à être bons ni à
être purs, oui, à certaines heures j'ai
pu désirer cela qui n'était pas selon ma
loi, mais j'ai une marque rouge sur ma
laine de vieille brebis. « Tu es une brebis de la crèche de ton enfance », me
souffle mon démon. Il me dit en rica-
nant : « Jusqu'à ton dernier souffle,
tu brouteras cette fausse mousse de
peluche. » Ce démon qu'aux heures de
Grâce je crois que j'ai perdu dans la

foule derrière moi. Je ne sens plus son haleine sur mon cou. Alors, je sais ce que les saints ressentent, j'entrevois leur destin, déjà je me dépouille au bord d'un océan d'amour. Votre paix m'enivre. Comment ai-je consenti à vivre sans cette joie? Que la mort sera simple qui sera le passage de l'extase à la contemplation, du désir de Dieu à la possession de Dieu! Et puis, tout à coup, cette tristesse vague, ce désir d'être dans la rue, ce regard entrevu où je ne verrai pas monter les larmes, ce mépris de ma vie, de ce que j'ai été, de ce que je suis, cette dérision de mon destin... Ah! brouiller ces traces, disparaître, ne laisser de soi qu'une défroque brodée, oublier son nom, son âge dans une maison sans miroirs, sans le miroir des êtres qui vous connaissent... O mon Dieu enfant, Tu le sais, nous n'aimons pas la paix, nous n'aimons pas le bonheur. Cette vacance du cœur, cette vacance éternelle de la vieillesse commençante, cette fadeur des jours de surcroît que Tu nous laisses, ce résidu de vie qui croupit dans les Académies et dans les lieux officiels, que tout cela donne de saveur à l'amertume des passions mortes! Non que nous nous soyons éloignés beaucoup de ta crèche... Mais il n'est pas nécessaire de bouger, il n'est même pas besoin d'un corps entre nous deux, l'ombre d'un corps suffit, et je ne Te vois plus, ô enfant d'au-delà les êtres! Seuls les saints ont dépassé, ont surmonté ces obstacles de chair et de sang... Mais combien sont restés en route? Qui le saura jamais? Ils ont franchi le barrage des corps et Tu devais être là, derrière, à les attendre... Et puis Tu manquais au rendez-vous, ou bien Tu feignais d'y manquer, ô Toi qui, parfois, caché, assistes à la déconvenue de ceux qui au prix de leur pauvre bonheur humain ont couru au rendez-vous que Tu leur avais assigné, et ils Te cherchent, mais ils ne Te voient pas et pourtant ils croient, ils savent que Tu es là. Comment reviendraient-ils sur leurs pas? Ils ne peuvent qu'avancer dans le désert de ta divinité. Le tout est de n'y pas perdre le souffle, de posséder un cœur qui n'y étouffe pas. Tendresse, océan refoulé! La dureté d'un vieil homme, son insensibilité, c'est ce qui reste de lui après le reflux de cette tendresse qui n'a pas trouvé son objet, mais cet objet, cet être, cet amour, il le découvre, en cette Sainte Nuit de Noël, il le reconnaît, il le presse contre sa poitrine comme un petit enfant endormi.

Hostie : enfance de Dieu. Hostie en moi : petit enfant qui se laisse aller au sommeil et dont la tête ne pèse pas lourd sur mon épaule. Mais c'est un sommeil ardent, une présence qui brûle à la fois et qui pacifie. Je l'emporte avec moi, comme caché sous mon manteau. Dieu ne donne pas de réponse à notre interrogation désespérée : Il se donne lui-même.

# II

# La vie cachée

Nous pénétrons ici dans le plus grand mystère. Que durant trente années d'une vie d'homme, le Fils de Dieu n'ait pas émergé à la surface du sang et de la chair, c'est cela qui confond. L'étonnant, pour nous qui croyons que Jésus était le Christ, ce ne sont pas les miracles de la vie publique, mais l'absence de miracle durant la vie cachée. Si tout ce que rapporte Luc touchant la Vierge, l'annonciation de l'ange, la visite à Élisabeth sa cousine, et son âme qui frémit de joie en Dieu son Sauveur, et ce qui est raconté de cette nuit entre les nuits où des bergers entendent, sous les étoiles et dans leur cœur, cette promesse de paix aux hommes de bonne volonté, dont se nourrit encore notre espérance après dix-neuf siècles, si toutes ces choses relevaient du mythe, si la tendresse des croyants avait tissé autour du berceau de l'enfant cette légende qui serait devenue vraie à mesure que Jésus devenait Dieu, pourquoi l'affabulation se serait-elle interrompue dès la première enfance? Pourquoi le petit garçon, l'adolescent, le jeune homme ne l'eût-il plus inspirée?

Sur le seuil de la vie cachée, le vieillard Siméon se dresse encore; il presse l'enfant contre sa poitrine, il voit les nations éblouies de cette lumière qu'il tient dans ses vieilles mains en ce moment même. Il voit ce glaive à travers le cœur de Marie et il l'annonce. Et puis on dirait qu'un rideau se tire. L'ombre recouvre l'enfant dont Luc ne rapporte plus rien, hors l'épisode du voyage de Jérusalem et de Jésus perdu par ses parents et retrouvé au Temple où Il émerveille les docteurs de la loi. Certes, cela suffit à nous faire entrevoir quelle sorte d'enfant juif Il était, tel qu'il en existe encore, comme le prouve ce que je viens de lire dans *la Nuit*, récit d'un Israélite déporté en Allemagne alors qu'il était petit garçon : il échappa au four crématoire où tous les siens furent anéantis, cet Élie Wiesel. « J'étais profondément croyant, écrit-il. Le jour, j'étudiais le *Talmud* et la nuit je courais à la synagogue pour pleurer sur la destruction du Temple : je demandais à mon père de me trouver un maître qui pût me guider dans l'étude de la Kabbale. » L'enfant en découvre un en la personne d'un pauvre : « Il m'avait observé un jour, alors que je priais au crépuscule : « Pourquoi pleures-tu en priant? » me demanda-t-il. » Il faut lire toute la suite. L'enfant Élie Wiesel m'aide à concevoir ce que put être humainement l'Enfant Jésus. Mais chez celui-ci l'autorité est le trait qui frappe. L'enfant parle déjà comme ayant autorité. Il interroge les docteurs mais Il les éblouit de ses propres réponses. La lumière venue en ce monde est là déjà, comme elle était déjà dans la crèche, surgie pour quelques heures de l'ombre qui va de nouveau la recouvrir.

Que Jésus adolescent ait été tout entier à son Père, nous entrevoyons comment cela put se manifester entre les murs d'une maison de Nazareth. Pour le reste, tout tient dans une phrase de saint Luc : « Jésus croissait en sagesse, en taille et en grâce devant Dieu et devant les hommes... » et la Vierge : « gardait toutes ces choses, les repassant dans son cœur. » Il ne rapporte rien d'autre. Et la légende ne profite en rien de son silence. Elle n'utilise pas ce vide. Luc n'a rien appris de notable touchant ces trente années. Il n'en a donc rien retenu, lui qui du mystère de Noël nous a tout transmis. Son silence touchant la vie obscure de

# LA VIE CACHÉE

Nazareth authentifie l'évangile de l'annonciation et de la Sainte Nuit, et de tout ce qu'il ne pouvait tenir que de Marie.

Ici, il faut se souvenir du scrupule que Luc manifeste aux premières lignes de son récit : « Puisque beaucoup ont entrepris de rédiger une histoire des événements qui se sont accomplis parmi nous, tels que nous les ont transmis ceux qui furent dès le début témoins oculaires et serviteurs de la Parole, j'ai décidé moi aussi, après m'être informé soigneusement de tout depuis les origines, d'en écrire pour toi le récit suivi... » Trente années d'ensevelissement dans cette étroite famille juive et dans ce village et trois brèves années pour allumer ce feu, sur la terre! « Le Fils de l'Homme est venu jeter le feu sur la terre et que désire-t-Il sinon qu'Il s'allume? » Quelle patience, avant quelle impatience! Quelle lenteur avant cette hâte! Quelle immobilité avant cette course pressée qui va du baptême de Jean à l'agonie, à la flagellation, aux crachats et à l'ignominieuse mort!

Toutes ces choses que Marie gardait et repassait dans son cœur, peut-être à certaines heures se demandait-elle si elle ne les avait pas rêvées... Et Lui, qui était cet adolescent avec un cœur pareil à notre cœur et ce pauvre corps voué à tant de souffrance — et Il le savait — Lui qui était un homme — cet homme que le Dieu nous cache aujourd'hui — cet artisan juif, pareil à tous les autres, plus pieux que les autres sans doute (mais parmi les Esséniens comme chez les pharisiens, les âmes ferventes abondaient), Lui pour qui le temps n'existait pas, qui plongeait par toute sa nature divine dans un présent éternel, Il dut vivre durant trente années face à ce destin dont tout lui était connu. Qu'Il serait rejeté, Il le savait, et qu'Il ne trouverait qu'une poignée de pauvres gens pour changer le monde.

## LA VIE CACHÉE 33

Notre foi achoppe au scandale de cet échec. Nous savons pourtant que l'amour ne s'impose pas : l'amour du Fils de l'Homme pas plus que tout autre amour. L'amour exige des cœurs qui se refusent et des cœurs qui se donnent. C'est parce que Dieu est amour qu'Il peut être rejeté. S'Il s'était imposé à sa créature, ce serait un autre Dieu que notre Dieu et l'homme ne serait pas, entre tous les animaux, celui qui dresse un front orgueilleux et cette tête qui peut faire de gauche à droite le signe du refus. Toute vie chrétienne tient dans ce consentement donné et jamais repris; aucun amour ne prend de force l'être qu'il aime. Il invite, il sollicite : et c'est d'abord cela la Grâce.

Elle fait plus qu'inviter, que solliciter, et par là elle diffère de l'amour humain : elle agit au-dedans de nous. Il n'est pas d'homme qui, s'il savait s'exprimer et s'il se connaissait, ne pourrait suivre et décrire, à travers son destin, cette trace d'une poursuite, et qui ne pourrait montrer tel tournant de la route où il a été appelé par son nom. Il y a là Quelqu'un et Il a toujours été là, mais nous lui avons toujours préféré tout et n'importe quoi. C'est seulement dans le désert de la vie finissante que même ceux qui furent plus ou moins fidèles, qui suivirent de loin le Seigneur, ce n'est que dans l'aride vieillesse qu'ils Le préfèrent vraiment, puisqu'il n'y a plus personne et qu'il ne reste rien.

*Dominus meus et Deus meus!* Je ne jette pas ce cri vers Vous comme Thomas, après votre Résurrection, et pour mettre les doigts dans vos plaies; je Vous adore avant que rien ne soit commencé dans cette cuisine noire de Nazareth où Vous êtes quelqu'un qui attend — dans cette échoppe obscure comme le prêt où avant de déboucher sur l'arène aveuglante, le taureau écoute la rumeur de la foule qui aime le sang.

## LA VIE CACHÉE

C'est dans cette ombre que Charles de Foucauld a compris le mystère de sa vocation. C'est à Nazareth qu'Il habitait : ce qui précède pour la victime le martyre est plus dur à souffrir que le martyre; l'attente du calice, voilà ce que fut l'agonie. Jésus à Nazareth est donc en agonie déjà.

La connaissance de l'échec avant d'avoir rien entrepris, du refus avant d'avoir rien demandé, l'acceptation de ce mystère du mal qui ne sera pas vaincu parce qu'Il peut être préféré et qu'il faut qu'il puisse être préféré, sinon Dieu ne serait pas amour : toute la vie cachée du Seigneur peut-être a-t-elle tenu dans cette connaissance et dans ce consentement. Et s'Il fut appelé, durant sa vie publique, Jésus de Nazareth, Nazareth retentit ici non comme le rappel de sa petite patrie, mais comme le titre d'une noblesse insigne : celle de l'artisan étendu et cloué d'avance, en esprit, sur ces pièces de bois que ces pauvres mains d'ouvrier équarrissent.

Ce que le Père de Foucauld cherchait à Nazareth, c'était, selon une parole de l'abbé Huvelin, cette dernière place que jamais personne n'avait pu ravir au Seigneur. Je me demande pourtant si la vue qu'avait le Père d'une telle « abjection » — le mot revient souvent sous sa plume — correspond à la réalité. Il y eut pire à Nazareth pour le Fils de l'Homme que « l'abjection » telle que la concevait Charles de Foucauld : c'est la vie normale au sein d'un groupe, d'une famille nombreuse, de toute cette parenté qui plus tard le considérera comme un fou et cherchera à se saisir de lui : « Les siens partirent pour se saisir de lui, car ils disaient : « Il a perdu le sens ! » (*Marc*, III, 21.) Et encore : « Ses frères eux-mêmes ne croyaient pas en Lui. » (*Jean*, VII, 5.)

Lorsque Charles de Foucauld note cette résolution : « Pour moi, chercher toujours la dernière des dernières places, arranger ma vie de manière à être le dernier, le plus dédaigné des hommes... » ce vœu héroïque marque malgré tout le désir de la première place, puisque les premiers seront les derniers. Jésus à Nazareth occupe sa place : ni haute, ni basse, la sienne entre tous ses proches. (« N'est-ce pas le Fils de Marie? Ses frères ne sont-ils pas parmi nous? » Et ils s'irritaient et se moquaient. ») Oui, pareil à tous les autres, ne se distinguant d'eux ni par l'abjection volontaire, ni même peut-être par le genre de vie. Il dut être invité à bien des noces avant celles de Cana. Il dut figurer souvent parmi les « amis de l'époux ». Et Il est le Christ, le Fils du Dieu vivant. C'est au désert, nourri de sauterelles, qu'Il se fût senti délivré de sa nature humaine et déjà rendu à son Père. L'encastrement au plus épais d'une famille juive, pauvre mais considérée, voilà l'épreuve inimaginable dont certains adolescents dans leur province ont pu avoir le pressentiment : ainsi Rimbaud « seul témoin de sa gloire et de sa raison ».

Cet entourage, pourtant, Il l'aimait — et chacun d'eux en particulier — et tel ou telle, avec son cœur de chair, comme plus tard le fils de Zébédée. Il a revêtu cette chair, moins le péché — mais non, bien sûr, moins la tendresse — non, bien sûr, moins cette part de nous-même qui s'attache et qui souffre.

C'est à Nazareth que le Christ est notre frère en tant que nous appartenons à une certaine famille, à un milieu, à une profession déterminée, que nous sommes d'une ville et d'une classe dont nous ne pouvons nous détacher sans scandale. Le Fils de l'Homme a d'abord été suspect et très vite haï à cause de cela : Il était le Fils de Marie, on connaissait ses frères, et Il jouait au prophète ! Amorce dès le départ, de l'accusation qui Le crucifiera : « qu'étant homme, Il s'est fait Dieu ».

Il ne se manifeste au monde que pour être connu du plus grand nombre, jamais si seul que dans la foule, si ce n'est peut-être quand Il est avec les Douze qui espèrent en son triomphe sur la terre et se disputent la première place dans son conseil. Ce Royaume qui n'est pas de ce monde et qui est au-dedans d'eux-mêmes, ils ne le connaissent pas, et ne le connaîtront que lorsque l'Esprit les aura brûlés de son feu. Tant que le Fils de l'Homme est vivant, Il demeure méconnu et même inconnu. On a parfois le sentiment qu'Il ne trouve dans les êtres que ce qu'Il y a mis lui-même. Ses miracles visibles sont le signe de ce miracle invisible sans cesse renouvelé, d'une pauvre âme touchée et gagnée par un seul regard. La preuve, c'est la parole : « Tes péchés te sont remis! » prononcée souverainement (et le fait miraculeux ne vient qu'ensuite à l'appui de cette absolution où le Dieu s'est manifesté avec puissance). Si le Seigneur remet les péchés d'un homme, cet homme les connaît donc et en a horreur ; et se repent, et aime : son âme a été guérie avant son corps. Elle reconnaît le Seigneur. J'ai parfois le sentiment en lisant l'Évangile, que le Fils de l'Homme, en dehors de sa mère, n'a été vraiment reconnu, durant sa vie, que par l'aveugle né, ou par le larron sur la croix. Ceux-là Le voient et savent qui Il est parce que Lui-même leur a donné de Le voir et de Le connaître. Sans doute, je n'oublie pas la confession de saint Pierre : « Vous êtes le Christ... » Mais des considérations humaines ne se mêlent-elles pas à la foi des apôtres avant que la Pentecôte ne les ait embrasés?

O mon Dieu jamais moins seul que lorsque vous éloignant de la foule et des disciples eux-mêmes, Vous vous isoliez pour prier! Et nous qui Vous aimons, nous éprouvons, tout misérables que nous sommes, cette solitude qui fut la vôtre au plus épais des hommes, et cette présence adorable dont nous débordons dès que nous sommes seuls.

Vous Vous délivrez en hâte de ce que Vous avez à dire. « Vous jetez le feu sur la terre. » Ce que Vous avez à faire Vous le faites vite (selon le conseil que Vous donnerez un soir à Judas) pressé d'atteindre ce jour et cette heure où le signe du Fils de l'Homme sera authentifié à jamais. Et nous aussi, nous avons hâte d'entrer avec Vous dans les ténèbres de votre dernière nuit.

# III

# Le mystère de la croix

L'ÉVÉNEMENT que les chrétiens commémorent durant la semaine appelée sainte, appartient à l'Histoire et non au mythe, comme tendent à l'oublier ceux pour qui le religieux est toujours mythique. Il nous est relaté par des textes nombreux, sur lesquels se sont exercés des générations d'exégètes; il se situe sous Tibère, à une époque peu éloignée de la nôtre — qu'est-ce que deux millénaires! — et dans cet Orient que nous définissons nous-mêmes en disant qu'il est « proche ».

Cet événement concerne un homme pareil à nous, un Sémite, de la race de ceux à qui nous avons affaire aujourd'hui, et cela, ce sont trop souvent les chrétiens qui l'oublient, parce qu'ils adorent un Dieu : mais le Fils de Dieu est aussi le Fils de l'Homme, ils sont tenus de le croire : un homme, et non pas n'importe quel homme, un artisan avec une nature d'homme, un caractère d'homme.

Toute sa jeunesse obscure, Il l'a vécue, ouvrier dans un village. Il est brusquement sorti de cette ombre vers sa trentième année et a parcouru la Galilée, puis la Judée. Un guérisseur et un prêcheur... Il y en avait eu d'autres avant Lui et nous en connaissons encore. Mais ce que celui-ci accomplissait ne tendait qu'à obliger les pauvres à croire ce qu'Il leur disait. Que disait-Il? « Le ciel et la terre passeront. Mes paroles ne passeront pas. » Elles n'ont pas passé. Elles nous brûlent encore. Elles ont créé un homme nouveau. Elles ont changé, dans des générations de fidèles, le cœur de pierre en un cœur de chair. Et chez beaucoup, après la foi perdue, le cœur de chair est resté.

Quand j'écrivais *la Vie de Jésus*, ses traits accusés me frappaient à mesure que j'avançais dans mon travail. Comment certains avaient-ils pu soutenir la gageure de « Jésus personnage mythique »? Je croyais entendre sa voix irritée. Il haussait les épaules, Il avait des soupirs excédés lorsque ses plus proches s'obstinaient à ne rien comprendre à ce qu'Il était venu faire ici-bas. Un violent, mais sa violence était celle de l'amour. « Je suis venu jeter le feu sur la terre, et que désiré-je sinon qu'il s'allume? » Ce feu ne s'est plus éteint et il continue de faire peur aux Maîtres du monde. Le nom de révolutionnaire est tellement abîmé et souillé, que nous répugnons à en user à propos de ce Jésus qui, le premier d'une immense postérité, a aimé ses frères humains plus que sa propre vie.

## La souffrance des hommes.

L'événement de cette semaine concerne l'humanité entière, parce qu'il nous atteste qu'un homme a prétendu assumer, le temps d'une nuit et d'un jour, la souffrance des hommes. Nous n'avons pas tous été trahis par un baiser, nous n'avons pas tous été reniés par notre meilleur ami et abandonnés des autres. Nous n'avons pas tous été attachés à une colonne, nous n'avons pas tous eu sur notre face le crachat des policiers et des soldats et leurs poings énormes, nous n'avons pas tous été humiliés et méprisés à cause de notre race. Nous n'avons pas tous échoué, comme ce crucifié a échoué en cette veille du sabbat, au point que le cri qui déconcerte la foi, lui fut arraché, arraché d'un corps qui n'était plus qu'une plaie : « Mon Dieu, pourquoi m'as-Tu abandonné? »

Il ne lui a pas suffi de le subir, ce

## LE MYSTÈRE DE LA CROIX

martyre total : Il l'a appelé sur Lui. A travers les trois Synoptiques, comme au long du quatrième Évangile, dans des mots qui ne peuvent pas avoir été inventés (nous entendons trembler sa voix) Il témoigne qu'Il sait vers quoi Il avance, Il annonce le calice qu'Il va boire.

Ces pauvres gens qui Le suivent, ont joué leur vie sur la sienne, ils s'enfuiraient s'Il leur découvrait d'un coup par où Il devra passer et eux avec Lui, avant de pénétrer dans son Royaume. Car il s'agit bien de cela aussi, de la conquête d'un royaume — et c'est ce qui trompe ces pêcheurs naïfs qui ont abandonné leurs filets et leurs barques — cette victoire promise sur le monde : « Ne craignez pas. J'ai vaincu le monde. »

Victoire étroitement liée à une défaite, victoire immense surgissant d'une totale défaite : c'est précisément ce que nous commémorons, en ces jours-ci, et ce qui ne saurait être nié par personne. Croyants ou non, nous sommes d'accord sur la raison de cette contradiction étrange qui, de ce désastre, fait surgir ce triomphe. Qu'un Juif crucifié soit ressuscité des morts, ceux qui ne le croient pas admettent du moins que ses disciples l'ont cru, que cette certitude a changé leur désespoir en joie et, d'un seul coup, a fait de ces lâches des téméraires et des martyrs.

### Un interdit de séjour...

Qu'était-Il donc, ce Jésus de Nazareth, durant la dernière semaine de sa vie? Le quatrième Évangile, mieux que les Synoptiques, nous Le rend sensible : un hors-la-loi, et qui se cache.

Les prêtres ont déjà jugé et condamné ce blasphémateur, ce Galiléen de la basse classe qui étant homme se fait Dieu : Il ose remettre les péchés! Aucune hésitation à son sujet, aucun doute. Mais ce n'est pas le pire : illuminé, Il tend peut-être au pouvoir suprême. Jouer au Messie, c'est jouer au conquérant. Or, les Romains sont là et Pilate, leur procurateur, n'aime pas les Juifs.

Cet occupant a le poing lourd. Le temps est venu de lui livrer le guérisseur redoutable, car Il a sûrement un pouvoir. Mais de qui il le tient, les prêtres le savent : de Belzébuth.

Jésus demeura sur les terres d'Hérode où Il était en sûreté jusqu'à ce que la mort de son ami Lazare l'eût rappelé à Béthanie. Il n'ignore rien de ce qui se trame contre Lui, car un autre de ses amis, Nicodème, fait partie du Conseil. Jésus est un interdit de séjour que la fête de Pâques oblige de monter au Temple : on Le tient. Peut-être se croit-Il à l'abri, songent ses ennemis, parce que le peuple L'entoure et L'acclame. Mais cette entrée sous les palmes et parmi les hosannas achèvera de Le perdre. Les prêtres se saisiront de Lui à l'heure des ténèbres. Ils ont un homme à eux parmi ses plus proches.

Avant que Jésus pénètre dans cette nuit du jeudi au vendredi, qui va commencer par l'agonie au lieu de finir par elle, comme s'il fallait que l'agonie fût goûtée à part, et qu'elle précédât la trahison de l'ami, un acte va s'accomplir qui concentre à jamais dans sa folie le mystère de la foi chrétienne.

### DE JEUDI A VENDREDI.

Le dernier repas du Seigneur en ce monde fut en réalité une pré-résurrection. Car c'est avant d'être livré et immolé qu'Il rompt le pain et dit aux siens pressés autour de Lui : « Ceci est mon corps livré pour vous. » Et le sang coule encore dans ses veines lorsqu'Il bénit le calice où il y a du vin et dit : « Ceci est mon sang, le sang de la nouvelle alliance répandu pour vous... »

Un mythe? né dès le premier jour,

en tout cas. Ce que nous connaissons de ce geste repose sur un témoignage très ancien, antérieur aux Synoptiques. Saint Paul écrit aux Corinthiens : « J'ai reçu du Seigneur ce que je vous ai enseigné : c'est que dans la nuit où Il fut livré, Il prit du pain... » et toute la suite jusqu'à : « Faites ceci en mémoire de moi. »

Dès cette aube de l'Église, ce qui deviendra le sacrifice de la messe est déjà le Pain vivant autour duquel l'Église va tisser, pour la refermer sur Lui, la tunique sans couture de la doctrine, des définitions et des rites. L'Eucharistie a été au centre de tout, dès le premier jour. Au lendemain même de la résurrection, les *Actes des Apôtres* précisent que les disciples « prenaient part ensemble à la fraction du pain ».

### Je m'en lave les mains.

Mais rentrons de nouveau dans la nuit du jeudi au vendredi. Après cette dernière parole sur une coupe de vin, le Dieu s'anéantit et il ne reste plus, passant le Cédron dans la nuit, suivi de quelques hommes apeurés, que le hors-la-loi, l'interdit de séjour de tous les temps. Ils gagnent cette oliveraie où ils ont coutume de se réfugier quand ils n'ont pas le temps d'atteindre Béthanie. Les autres, écrasés de fatigue, se couchent sur la terre. Lui, Il va veiller.

Ce que fut cette veille, chaque parole, chaque soupir, chaque goutte de sueur et de sang, quel chrétien à un moment de sa vie n'y a attaché son cœur et sa pensée? Qui n'a écouté cette rumeur de pas et de voix dans les ténèbres?

Voici l'ami qui va Le trahir et les gens du grand prêtre, et ce tribun et ces soldats de la cohorte, bien incapables de distinguer un de ces Juifs, si le baiser de Judas ne le désignait : tous pareils, ces youtres, ces bicots, ces ratons. Ils devaient avoir des mots comme ceux-là pour assouvir un mépris dont quelques chrétiens commencent à rougir depuis peu de temps.

Judas consomme la trahison par le baiser. Les autres prennent la fuite. L'Agneau de Dieu est livré aux mains que nous connaissons, certes! qui n'ont jamais cessé de besogner dans les maisons de redressement, dans les camps de concentration, dans les commissariats. Pas un soufflet, pas un crachat sur cette Face adorable qui pourtant atteigne en horreur la triple dénégation de Pierre, accroupi près du feu (cette nuit de printemps est glacée) dans la cour du grand prêtre et qu'une servante interroge : « Je ne connais pas cet homme. Je ne sais pas qui Il est. »

La haine des prêtres livre Jésus au scrupule légaliste du fonctionnaire. Un Juif n'est qu'un Juif; mais les Romains ont des principes et ce Juif-là est tout de même différent des autres. Pilate voudrait délivrer l'Agneau. Mais il est un homme politique. Il a une carrière à ménager.

Nous connaissons Pilate. Pilate est ministrable. Il doit compter avec beaucoup de gens, même avec cette racaille du Temple, car elle peut nuire. Hérode lui aussi est dangereux : ils sont brouillés. Un rapport d'Hérode en haut lieu serait de grande conséquence. « Et après tout, est-ce que je suis Juif? Qu'ils s'arrangent entre eux. Je m'en lave les mains. » Il continue de se laver les mains après deux mille ans.

Nous comprenons ce que ce geste signifie, quand nous sommes entrés en esprit dans la chaîne sans fin de l'injustice et de la férocité humaine et que nous observons tous ces honnêtes gens qui ont choisi de n'en rien voir. Et nous-mêmes que faisons-nous?

### Frère de tous les condamnés.

Le chemin de la croix, à quoi bon le retracer ici? Il est connu de tous. Même les athées suivent du regard cet être, frère de tous les condamnés qui aujourd'hui encore sortent de certaines mains. J'ai toujours aimé le cri du barbare Clovis à l'évêque Rémi qui lui racontait cette histoire : « Que n'étais-je là avec mes Francs! » Que n'étions-nous là! Mais nous y sommes, s'il est vrai que Jésus sera en agonie jusqu'à la fin du monde et s'Il est présent, comme Il l'a affirmé, dans toute chair torturée.

Brûlons les étapes atroces jusqu'à la dernière défaite, jusqu'à cette démonstration de l'impuissance absolue de l'imposteur qui prétendait ressusciter les morts, lire dans les pensées, remettre les péchés! Et aujourd'hui les docteurs et les scribes lui crient de descendre de sa croix et alors ils croiront. Il guérissait les autres mais Il ne peut se guérir Lui-même! Quels rires, jusqu'au gloussement et à la suffocation! Sa mère est là, quelques femmes et Jean qui l'a attesté, et Il a entendu ce grand cri mystérieux qui suffit pour que le centurion se frappe la poitrine et croie que ce supplicié était le Messie venu en ce monde.

### Vers l'auberge d'Emmaüs.

Tout est dit et l'histoire est finie. Elle va commencer pourtant. Vous ne croyez pas que le Christ soit ressuscité mais vous ne pouvez nier que ses amis l'aient cru. Ils ont cru Le voir, ils ont cru vivre avec Lui après sa mort, cela est indubitable.

Écartons un instant les témoignages des Synoptiques et du quatrième Évangile qui comportent des variantes et où un certain flottement est perceptible. Allons tout droit à un témoignage antérieur, au premier de tous. C'est saint Paul qui rappelle aux Corinthiens : « Il est apparu à Céphas, puis aux Douze. Ensuite Il est apparu à plus de cinq cents frères à la fois dont la plupart sont encore vivants et dont quelques-uns sont morts. Il est apparu à Jacques, puis à tous les apôtres. Après eux tous, Il m'est aussi apparu à moi, comme à l'avorton. »

Saint Paul néglige ici le témoignage des femmes qui tient une grande place dans les Évangiles. Il parle de l'apparition à Jacques dont il n'est question que dans les Apocryphes. C'est à partir de cette déposition de Paul qu'il faut lire et méditer page à page les évangiles de la résurrection. Il en est un pour chacun de nous en particulier, il me semble. Les uns pleurent avec Marie-Madeleine devant le tombeau vide, et tout à coup c'est Lui, cet homme qui prononce leur nom à voix basse. D'autres mettent leurs doigts avec Thomas dans le flanc ouvert.

Pour moi, durant toute ma vie, j'aurai cheminé avec ces deux êtres exténués qui rentrent le soir à Emmaüs. Jésus est mort, ils ont tout perdu. Ce que j'ai écrit à ce sujet, il y a vingt ans, dans ma *Vie de Jésus* ce n'est qu'aujourd'hui, à l'heure où s'épaissit l'ombre, que j'en pénètre le sens. « A qui d'entre nous l'auberge d'Emmaüs n'est-elle familière? Qui n'a pas marché sur cette route, un soir où tout semblait perdu? Le Christ était mort en nous. On nous l'avait pris : le monde, les philosophes et les savants, notre passion. Il n'y avait plus de Jésus pour nous sur la terre. Nous suivions un chemin, et Quelqu'un marchait à nos côtés. Nous étions seul et nous n'étions pas seul. C'est le soir. Voici une porte ouverte, cette obscurité d'une salle où la flamme de l'âtre n'éclaire que la terre battue et fait bouger des ombres. O pain rompu! O fraction du pain consommé malgré tant de misère ! « Reste avec nous car le jour baisse... » Le jour baisse, la vie finit. L'enfance paraît plus loin que le commencement du monde; et de la jeunesse perdue, nous n'entendons plus que le dernier grondement dans les arbres morts du parc méconnaissable... »

Cet affamé, c'est Moi.

La foi des chrétiens est que ce Seigneur ressuscité n'a plus quitté le monde. Paul n'est plus le dernier de ceux qui l'ont vu. Il s'est manifesté au cours des siècles à beaucoup de saintes et de saints, à de simples fidèles, et même à des non-baptisés comme Simone Weil.

Mais le plus grand nombre n'a pas vu et a cru. Nous croyons que le Christ est actuellement vivant. Car c'est bien cette folie qui est en question.

Ceux qui croient qu'Il est vivant et qui pourtant ne L'ont pas vu, sur quoi s'appuient-ils pour affirmer l'absurde? D'où vient cette persuasion? Comment se manifeste cette présence dans une vie? Certes, au départ, il y a l'acte de foi à une parole donnée, mais que l'expérience intérieure confirme. « Je vous laisse la paix, Je vous donne ma paix. Ce n'est pas comme le monde la donne que Je vous la donne. » Cette paix vivante n'est pas un leurre : le chrétien la connaît et il en vit. Elle est liée à l'état de Grâce qui, tant que nous y demeurons, vérifie l'accomplissement de la promesse : « Si quelqu'un m'aime, il gardera ma parole et mon Père l'aimera, et nous viendrons à lui et nous ferons en lui notre demeure. »

Mais surtout, s'il est catholique, le chrétien a à sa portée, chaque jour, cette fraction du pain au sujet de laquelle le Seigneur a prononcé des paroles si folles (« Je suis le pain vivant... ») que les disciples murmurèrent et que, nous rapporte saint Jean, beaucoup de ceux qui les avaient entendues ne voulurent plus le suivre. Depuis bientôt deux mille ans, des générations fidèles n'en vivent pas moins de ce pain rompu et multiplié pour eux.

Et à ceux qui ne croient pas, ou qui se moquent de cette folie et qui même la haïssent, le Christ vivant se donne aussi, s'ils en sont dignes. Car ce n'est pas seulement sur un morceau de pain et sur une coupe de vin qu'Il a dit : « Ceci est mon corps et mon sang... » Il l'a dit, avec le même accent et la même précision, de cet affamé à qui vous donnez à manger ou que vous refusez de nourrir. « Cet affamé, c'est Moi, ce malade, c'est Moi, cet étranger, cet homme en prison que vous avez visité ou que vous avez torturé, c'était Moi. »

Que chacun relise le chapitre XXV de saint Matthieu : « C'est à moi-même que vous l'avez fait... » Voilà le sacrement de ceux qui servent le Christ sans Le connaître et qui L'aiment dans leurs frères. Il faut toujours revenir au mot de saint Jean de la Croix : « C'est sur l'amour que nous serons jugés. » Oui, et c'est l'amour qui nous jugera.

## La Sainte Face.

L'homme qui s'appelait Jésus et dont nous croyons qu'Il était Dieu, chacun de nous le voit, mais la vision qu'il a de Lui est personnelle au point d'être incommunicable. L'Église laisse ses enfants libres, aussi bien de transfigurer en Messie glorieux « le plus beau des enfants des hommes » que d'adorer le Nazaréen qui passait pour fou chez ses proches, ou la victime meurtrie, la Face méconnaissable, telle qu'Isaïe déjà la contemplait.

Nous nous représentons le Jésus que notre nature sollicite, que notre amour exige. Nous le recréons, non certes à notre image et à notre ressemblance, mais selon le besoin que nous avons de ne pas perdre cœur en sa présence.

Pourtant, le Christ a réellement vécu sur la terre et Il appartient à l'Histoire. Nous devons donc admettre qu'une des deux traditions correspond à ce qui fut,

# LE MYSTÈRE DE LA CROIX

et que si ceux qui croient en un Christ d'aspect noble et majestueux ont raison, les autres se trompent qui l'imaginent chétif et sans éclat.

Au vrai, les deux aspects du Christ incarné trouvent l'un et l'autre, dans les Évangiles, leur justification. Un fait domine le débat : Jésus n'a pas été reconnu par le plus grand nombre. Il ne s'imposait pas tellement que ses ennemis aient hésité à Le combattre. Il semble bien que ce fut par sa parole et par ses miracles, bien plus que par son apparence ou par son attitude, qu'Il subjuguait la foule, et ceux qui dès le début de sa vie publique n'ont cru ni à sa prédication ni à ses prodiges, n'ont rien discerné de divin dans les traits de ce visage. La Samaritaine dénonce d'abord en cet étranger un Juif ordinaire, et se moque de Lui. Ses ennemis, nullement intimidés et déjà meurtriers, ne le ménagent que par crainte du peuple, ne doutant point d'avoir affaire à un imposteur.

Au moment de Le leur livrer, Judas ne leur dira pas : « Vous Le reconnaîtrez à sa stature. Celui qui nous domine tous de la tête et dont la majesté éclate aux regards, c'est Lui qu'il faut saisir. » Il ne leur dira pas : « Vous distinguerez d'abord le Chef et le Maître... » Non, il est nécessaire qu'un baiser le leur désigne. C'est donc qu'en dépit des torches, les soldats ne pourraient le reconnaître au milieu des onze pauvres Juifs qui l'entourent.

Mais il n'en est pas moins vrai qu'en beaucoup de rencontres, Jésus, lorsqu'il a été aimé, l'a été au premier regard, et que souvent, Il a été suivi dès la première parole et même avant tout miracle. Il a suffi d'un appel pour que des hommes abandonnent tout ce qu'ils possédaient en ce monde et Le suivent. Il fixait les êtres d'un œil irrésistible dont le pouvoir, la toute-puissance s'affirment chaque fois qu'une créature en larmes tombe à ses genoux dans la poussière.

Dans cette opposition apparente entre un Christ qui, par sa seule approche, enchaîne les cœurs, et un agitateur nazaréen méprisé des princes des prêtres, et que les soldats chargés de son arrestation ne discernent pas au milieu des disciples, dans cette vision contradictoire, nous devons nous efforcer de découvrir ce que fut l'apparence humaine de Jésus.

Sans doute fut-Il semblable à beaucoup d'êtres dont la beauté, très secrète à la fois et très éclatante, éblouit certains regards, échappe à d'autres — surtout quand cette beauté est d'ordre spirituel. Une lumière auguste sur cette face n'était perçue que grâce à une disposition intérieure.

Quand nous aimons, nous nous étonnons de l'indifférence d'autrui devant le visage qui résume pour nous toute la splendeur du monde. Ces traits qui reflètent le ciel et dont le seul aspect nous rend éperdu de joie et d'angoisse, d'autres ne songent même pas à y attacher leur regard. La moindre minute vécue auprès de l'être aimé nous est d'un prix inestimable, alors qu'il importe peu à ses compagnons ou à ses parents de vivre sous le même toit que lui ou d'avoir part au même travail et de respirer l'air qu'il respire.

Comme toute créature, Jésus se transformait selon le cœur qui Le reflétait. Mais à ce phénomène de l'ordre le plus naturel, la Grâce, ici, ajoute son action imprévisible. Alors que nous ne sommes pas libres d'apparaître à autrui tels que nous souhaiterions qu'Il nous vît, l'Homme-Dieu ne demeurait pas seulement le maître des cœurs, mais aussi du reflet de sa Face dans les cœurs. Il a guéri beaucoup plus d'aveugles-nés que l'Évangile ne le rapporte. A chaque fois qu'une créature L'a appelé son Seigneur et son Dieu, a confessé qu'Il était le Christ, le Messie venu en ce monde, ce fut parce qu'Il avait Lui-même ouvert en elle cet œil intérieur dont le regard ne s'arrête pas à l'apparence.

Voilà pourquoi, entre tous les peintres, Rembrandt me semble avoir donné du Christ l'image la plus conforme au récit évangélique. Je pense surtout à la toile du Louvre où le Dieu exténué et presque exsangue est reconnu par les deux disciples avec qui Il rompt le pain, dans l'auberge d'Emmaüs.

Rien de plus ordinaire que ce visage souffrant. Il faudrait oser dire : rien de plus commun. Et pourtant, cet humble visage resplendit d'une lumière dont la source est le Père qui est Amour. On ne saurait être plus homme que ce Nazaréen de la classe pauvre, dont les prêtres se sont tellement moqués et qui, même avant que la flagellation L'eût défiguré, intimidait si peu le corps de garde et les cuisines qu'Il reçut un soufflet d'un domestique du grand prêtre. Et pourtant, dans cette chair misérable surgie d'un abîme d'humiliation et de torture, le Dieu éclate avec une grandeur douce et terrible. Tout se passe comme si le miracle de la Transfiguration ne s'était pas accompli une seule fois sur le Thabor, mais s'était renouvelé autant de fois qu'il plut au Seigneur de se faire connaître à l'une de ses créatures.

Il n'empêche qu'un homme aimé ou non, adoré ou méprisé, possède une certaine taille à laquelle il lui est interdit d'ajouter ni de retrancher une coudée. Il apparaît droit ou bossu, ses traits sont réguliers ou difformes. Ses cheveux et ses yeux ont une certaine couleur. Or, peut-être possédons-nous un document qui, s'il était authentique, devrait clore toute discussion touchant l'aspect physique du Seigneur, puisqu'il nous en fournit, à la lettre, la photographie. Le problème soulevé par le saint suaire de Turin et par l'image d'un homme crucifié qu'on y discerne échappe à ma compétence. J'en possède les reproductions photographiques. J'ai écouté et j'ai lu les commentaires impressionnants de Paul Vignon, qui fut à la fois un savant et un apôtre. Si nous acceptons pour véridique cette image dont la manifestation, après tant de siècles, était réservée à notre époque, grâce à l'une de ces découvertes dont elle se montra si orgueilleuse, nous ne pouvons plus nier que Jésus était d'une stature majestueuse et que son visage auguste appelait l'adoration plus encore peut-être que l'amour.

L'étrange est que, par une filiation mystérieuse, presque toutes les images du Christ triomphant qu'inventèrent les peintres depuis les premières effigies byzantines jusqu'aux Christs de Giotto et de l'Angélico, de Raphaël, du Titien, ou de Quentin Metsys, procèdent de ce dessin mystérieux enseveli dans le saint suaire, et dont aucun des artistes innombrables qui Le reproduisirent ne soupçonnait l'existence. C'est bien le type humain sur lequel tout le monde s'accorde et qui se présente à l'esprit quand on dit de quelqu'un : « Il a une tête de Christ... » Et aujourd'hui encore, la plus fade imagerie sulpicienne déshonore (et son crime n'en est que plus grand) la Face authentique telle qu'elle apparut à la Vierge, à Madeleine et à Jean. C'est bien son portrait, ou plus exactement sa caricature, dont nous détournons les yeux, en passant devant ces vitrines. Le Fils de l'Homme ressemblait vraiment à ces statues roses du Sacré-Cœur, si la relique de Turin ne nous trompe pas.

En revanche, les primitifs qui se sont attachés à peindre le Christ souffrant et humilié ont reproduit cette humiliation et cette souffrance, bien plus que le Sauveur lui-même, tel qu'Il fut dans sa chair avant sa Passion — et même tel qu'Il demeura à travers les affres de la flagellation, du couronnement d'épines, de la crucifixion et de l'agonie. Car sa beauté physique éclate sur le linceul même, encore souillé de pus et de sang. La mort la plus atroce a laissé ce corps intact et les soufflets et les crachats et le sang et les larmes ne durent à aucun moment détruire la pureté de cette Face incorruptible.

# IV

Présence du Christ ressuscité

Un homme est né en Judée, au temps d'Auguste, est mort, a été enseveli à Jérusalem sous le règne de Tibère, un homme dont la mort n'a pas interrompu la vie. Les téméraires qui en osent entreprendre le récit ne savent quand l'arrêter, car ici, le tombeau où le corps du supplicié fut déposé ne finit rien. Son sépulcre n'est qu'une borne au bord de cette route qui, à travers l'histoire humaine, va s'élargissant.

Même ceux qui n'accordent à la résurrection du Christ aucune réalité historique, admettent le fait que durant les quelques semaines qui ont suivi sa mort, les siens ont cru Le revoir, Lui parler, Le toucher en certaines rencontres, sur le chemin d'un village, le soir, dans un jardin ou au bord du lac pendant qu'ils pêchaient ; et toutes portes closes alors qu'ils étaient à table, Il entra et l'un d'eux mit les doigts dans les plaies de ses mains, de ses pieds, de son cœur. Qu'ils aient cédé ou non à une illusion, leur certitude de L'avoir revu transforma pour eux la croix du condamné, et ce scandale et cette opprobre en une source d'espérance assez abondante pour que notre génération s'y abreuve encore : « Je vous ai enseigné, écrit saint Paul aux Corinthiens, dans sa première lettre où il leur rappelle des événements connus de tous et sur lesquels il ne croit pas nécessaire de s'attarder, je vous ai enseigné en premier lieu ce que j'ai aussi reçu : le Christ est mort pour nos péchés conformément aux Écritures. Il a été mis au tombeau et Il est ressuscité le troisième jour conformément aux Écritures. Il est apparu à Céphas, puis aux Douze. Il est apparu ensuite à plus de cinq cents frères à la fois, dont la plupart vivent encore mais dont quelques-uns sont morts. Ensuite, il est apparu à Jacques, puis à tous les apôtres. Le dernier de tous, comme à l'avorton, Il m'est apparu à moi aussi... »

Cette seconde et très courte vie de Jésus, qui va de la Résurrection à l'Ascension, assure la foi des apôtres et donne aux trente années obscures et aux trois années publiques de ce prêcheur juif une portée infinie : sa tombe devient un berceau. Le soir d'Emmaüs voit se lever, du fond d'une auberge, cette lueur d'aube sur le premier calice.

Cette seconde vie, pourtant, nous ne savons trop non plus où l'arrêter. Pas plus que la première, elle ne trouve de terme fixe. A peine le Ressuscité a-t-il disparu dans les nuées, que sa troisième vie commence, celle qui dure encore : cette occupation par un Maître invisible de toutes les routes qui investissent les cœurs et les esprits. Là encore, que cette présence soit réelle ou illusoire, elle est crue, voilà le fait ; elle demeure évidente pour des millions d'êtres humains. Aujourd'hui encore, après tant de siècles, cet homme est là, préféré, trahi, abandonné, retrouvé, comme un ami, comme un amant. C'est bien Lui, tel que nous Le connaissons par les Évangiles, avec son exigence démesurée, arrachant l'homme à la femme et la femme à l'homme, détruisant le couple humain pour le scandale d'un grand nombre. Toutes les paroles qu'Il a prononcées pendant sa vie mortelle nous les suivons encore à la trace. Le feu qu'Il est venu allumer sur la terre est devenu cet incendie qui parfois éclate aux regards, mais le plus souvent couve, rampe comme ces feux dans la lande, presque souterrains et qui se communiquent par les racines, par la tourbe. Si les êtres ainsi atteints cèdent à un mirage, quel étonnant mystère! Toutes ces femmes maîtresses de leur chair et de leur sang, prisonnières des hôpitaux, des asiles, des léproseries...

Encore cela pourrait-il s'expliquer : une vocation naturelle penche la créature la plus faible sur les plaies de nos tristes corps. Mais beaucoup d'autres se séparent des vivants pour être uniquement à un homme nommé Jésus et qui depuis près de deux mille ans est sorti du monde. Il est là toujours, pour elles, plus présent qu'aucune créature visible et elles se nourrissent de Lui, à la lettre. Cas extrêmes, dira-t-on, cas morbides. Folie entre d'autres folies... Pourtant, même en dehors des consacrées, dans toutes les classes et dans la moins chrétienne de toutes, la classe ouvrière, chez les garçons à l'âge du désir, un petit nombre sacrifie à tout autre amour à cet amour pour un homme qu'ils ne voient pas et qui est là, tyranniquement présent pour chacun d'eux.

Si vous parlez encore de folie, ils ne vous recuseront pas : la folie de la croix, depuis saint Paul, cela est une expression courante parmi les chrétiens. Folie contre nature pourrait-on dire, si ce soulèvement de l'être entier contre la nature apparente de l'être humain ne révélait une autre exigence dans l'homme, une exigence de sa nature la plus secrète et qui se manifestait déjà avant que le Christ fût venu avec son fardeau et son joug.

## Un certain Jésus qui est mort et que Paul affirme être vivant.

Vers l'an 59, Portius Festus nommé gouverneur de la Judée, trouva dans la prison de Césarée un certain Paul que son prédécesseur Félix y retenait depuis deux ans. Ce Festus, exposant l'affaire de Paul au roi Agrippa qui était Juif, la résumait ainsi : « Il y a ici un homme que Félix a laissé prisonnier. Les princes des prêtres et les Anciens des Juifs ont porté plainte contre lui lorsque j'étais à Jérusalem, demandant sa condamnation. Je leur ai répondu que ce n'est pas la coutume des Romains de livrer un homme avant de l'avoir confronté avec ses accusateurs et de lui avoir donné les moyens de se défendre. Ils sont donc venus ici et, sans différer, j'ai pris place le lendemain sur mon tribunal et j'ai fait amener cet homme. Les accusateurs ne lui imputèrent rien de ce que je supposais, mais ils l'attaquèrent sur des controverses ayant trait à leur religion, *et à un certain Jésus qui est mort et que Paul affirme être vivant...* »

De même qu'au soir de Pâques le Christ était mort et pourtant Il vivait, au soir de l'Ascension Il est retourné à son Père, mais Il n'a pas quitté les siens. Il existe des signes de cette présence. Nous ne nommons pas « signes » ces témoignages éclatants du génie chrétien qui jalonnent l'histoire universelle. Mais une présence, comme une eau souterraine, affleure à certains moments. Les oreilles humaines entendent une voix ou croient l'entendre. Des hommes et des femmes rapportent une parole et il arrive que nous la reconnaissions ou que nous croyons la reconnaître. L'homme dont le nom est Jésus et que nous font connaître les Évangiles n'est pas une créature désincarnée : Il possède un caractère défini, tranché, et Il ne dit rien qui ne rende un son particulier au point que les « paroles du Seigneur » transmises d'abord de bouche en bouche gardent une sorte de frémissement, où le ton, l'accent demeurent perceptibles. Si donc Paul ne s'est pas trompé en affirmant à Festus que le Crucifié vit encore, nous devrions reconnaître cet accent et ce ton dans ce qu'une Gertrude, une Thérèse, une Angèle de Foligno nous rapportent de leurs conversations avec le Seigneur. Il m'est arrivé de mettre à cette recherche, à cette confrontation du Christ de l'Évangile et de l'invisible et omniprésent

Jésus qui se confie à ses bien-aimés, une passion qui n'était peut-être pas toute pure et qui prenait sa force dans la faiblesse de ma foi. Tel était mon désir de me prouver à moi-même qu'Il est là toujours, au cœur de ce sombre monde, ce Jésus d'Emmaüs, et qu'Il demeure avec nous dans ce crépuscule étouffant : puisque des hommes et des femmes L'écoutent et répètent ce qu'elles ont entendu, je me flattais de reconnaître sa voix, moi à qui cette voix est familière depuis ma petite enfance et qui suis de sa bergerie.

Mais ces paroles du Seigneur invisible que nous rapportent de saintes âmes, n'ont plus cette nudité de celles qui ont retenti en Judée aux jours d'Hérode et de Tibère. Même quand elles n'ont pas traversé, avant de nous atteindre, des abîmes de médiocrité ou de niaiserie, elles sont souvent traduites et interprétées par des créatures chez qui les dons naturels n'égalent pas la vertu. Et surtout elles sont confondues avec beaucoup d'autres, fruits d'une pieuse imagination : cette eau toute divine sourd en pleine humanité, eau à la fois pure et trouble, toute mêlée de débris, de feuilles. C'est ce qui apparaît dès qu'on essaye de lire l'ouvrage intitulé *les Divines Paroles*, et où le Père Saudreau a voulu faire tenir l'essentiel de ce que le Seigneur a dit à ses intimes dans le cours des siècles chrétiens.

Nous comprenons alors les prudences de sainte Thérèse au chapitre 3 des *Sixièmes Demeures*, où elle traite « des paroles que Dieu adresse à l'âme et des marques auxquelles on les distingue de celles qui viennent de l'imagination ou du démon. » De toutes ces marques, la simplicité, la nudité de chaque précepte authentique du Christ c'est cela qui me frappe surtout. Il arrive d'ailleurs qu'à travers le langage fleuri de la dévotion, nous atteignions ce roc aux dures arêtes. Sainte Thérèse ne parle pas de ce dépouillement des paroles divines comme d'un signe qui aide à les reconnaître; mais elle y devait être sensible, elle qui écrivait : « Une âme se trouve dans la peine, dans le trouble, et ces quelques paroles : *Ne t'afflige point*, la mettent dans le calme, la remplissent de lumière et dissipent toutes ses peines dont elle n'aurait pas cru, l'instant d'auparavant, que les plus savants hommes du monde réunis fussent capables de la délivrer. Une autre personne est dans l'affliction et dans la crainte; elle entend seulement ces mots : *C'est moi, ne crains point*, et soudain toutes ses appréhensions s'évanouissent. Une autre est dans l'inquiétude du succès de quelque affaire importante, elle entend ces paroles : *Sois en repos...* »

*Ne t'afflige point, c'est moi, ne crains point, sois en repos*, voilà le langage humain dont Dieu se sert dès qu'il s'adresse à l'homme souffrant, comme à la mer troublée dans ses profondeurs, et il se fait aussitôt un grand calme; et c'est à ce calme que le Maître se trahit. Voilà le langage humain à l'extrême de son dépouillement et de son efficience, réduit à ce presque rien dont le Christ s'est toujours servi pour parler à sa créature, le dernier mot aux confins du silence vivant. Car il y a cela aussi que ces brefs éclairs des paroles intérieures annoncent chez les bien-aimés du Christ : le silence, la nuit, l'anéantissement. Parmi eux, presque seules, les femmes s'attardent au bord du puits comme la Samaritaine à parler avec la vérité incarnée; mais Saint Jean de la Croix se méfie même de ces délices. Non qu'il rejette ou dédaigne les paroles intérieures qu'il appelle « substantielles » et qui, dit-il, envahissent l'âme au point de devenir toute sa force et toute sa vie. Mais il demeure l'amant de l'amour dans la nuit : l'amour selon lui est le fruit de la foi, c'est-à-dire des ténèbres. Il se défie de ce qui éloigne une âme

« de la foi obscure où l'entendement doit demeurer afin d'aller à Dieu par amour ». Ainsi, pour suivre à la trace le Christ invisible au long de cette troisième vie, il ne nous suffit pas de surprendre les dialogues de Fils avec sa créature, il faudrait pouvoir aussi interpréter chaque silence. Oui, cela est fou. Essayons pourtant.

### Le corps mystique.

Ces hommes et ces quelques femmes qui, le Christ disparu, s'enferment dans le cénacle et qui ont encore dans les yeux le reflet de leur Maître, dans les oreilles la vibration de ses dernières paroles, sont comme remplies de Lui au point d'être Lui-même. Le « corps mystique », cette identification de l'Église et du Christ, apparaît, durant ces premières semaines, comme une vérité tangible. L'esprit qui envahit les apôtres achève en eux l'accomplissement de la Trinité : « Si quelqu'un M'aime, leur avait dit le Seigneur, il gardera ma parole et mon Père l'aimera, et nous viendrons à lui et nous ferons chez lui notre demeure... » Et maintenant l'Amour les habite aussi.

Dès qu'ils l'eurent reçu, cet esprit d'amour, ils débordaient de Dieu au point qu'Anne le grand prêtre, Caïphe et tous les meurtriers de Jésus qui étaient encore en place, durent croire que cet homme était revenu. Depuis que la pierre avait été roulée sur ce cadavre, ils n'avaient plus douté que ce fût une affaire finie, non seulement parce que ce misérable était mort, mais surtout parce que son supplice l'avait convaincu d'impuissance et donc de mensonge et d'imposture. Or, voici que de nouveau Il emplissait la ville. Son nom volait de bouche en bouche. Le boiteux, à la porte du Temple appelée Belle Porte, venait d'être guéri. Sous ce même portique de Salomon où hier encore l'agitateur avait osé crier aux

Juifs qui le pressaient : « Mon Père et Moi nous sommes un... » Sous ce même portique, la même foule soulevée d'émotion par ce miracle entourait Pierre et Jean. Alors que le Christ visible n'avait été cru que du petit nombre, maintenant qu'Il parlait par la bouche de ses bien-aimés, tous ceux qui L'entendaient « en avaient le cœur transpercé », écrit l'auteur des *Actes*.

Le prix du sang répandu, c'était ces hommes baptisés par milliers et qui tout aussitôt devenaient assidus à entendre la parole, à prendre part ensemble à la fraction du pain et aux prières. L'hostie consacrée était moins pour eux présence que nourriture. Sans doute croyaient-ils déjà comme en font foi les textes de saint Paul, ce que nous croyons nous-mêmes aujourd'hui touchant le Pain de Vie et le Calice du Seigneur; mais le sentiment de la présence leur était surtout donné par cet esprit d'amour et de persuasion, par cette puissance sur la matière, sur la chair et sur les cœurs dont les comblait le Seigneur identifié avec eux.

Un incroyable revirement déconcertait les princes des prêtres, tous ces renards pris à leur piège : l'infamie de la croix couronnait l'histoire de cet homme, l'éclairait, devenait la clef de son destin, le mot de l'énigme qu'Il leur avait jetée à la figure durant sa vie mortelle : « Ce Jésus, leur criait Pierre en plein Sanhédrin, est la pierre rejetée par vous de l'édifice et qui est devenue la pierre angulaire. Et le salut n'est en aucun autre, car il n'y a pas dans le ciel un autre nom qui ait été donné aux hommes et par lequel nous devions être sauvés. »

Entre les mêmes pontifes et les mêmes docteurs qui avaient tissé la toile où le Fils de l'Homme s'était laissé prendre, les conciliabules secrets recommencent à propos de lui qui n'est plus là. Mais c'est pire que s'il était là, puisque aujourd'hui il triomphe de son supplice même. Pierre et Jean sont arrêtés puis relâchés; que faire d'ailleurs contre cette multitude qui n'a qu'une âme et qu'un cœur et où nul n'appelle sien ce qu'il possède, tout étant commun entre eux?

Ces premiers frères d'une innombrable famille occupaient en maîtres le Portique de Salomon où l'écho vibrait encore des paroles du Seigneur. Et personne n'osait se joindre à eux. De nouveau, les grabats sortirent des maisons comme aux jours du Christ. Les corps étaient exposés en plein soleil sur des nattes et sur des lits. En vérité, le Sanhédrin pouvait se demander ce qu'il y avait de changé; sinon qu'il avait fallu au Fils de l'Homme une parole pour guérir les infirmes, une onction, parfois un peu de boue et de salive; mais il suffisait maintenant que l'ombre de Pierre passât sur eux; le Christ invisible ne cherche plus à voiler sa divinité. Lui qui n'avait pas voulu susciter contre ses bourreaux les légions angéliques envoie un ange ouvrir la porte de la prison où le grand prêtre a de nouveau enfermé Pierre et Jean. Et derechef, ils prêchaient cette résurrection du Christ dont le nom seul offusquait tout ce qu'il y avait au Sanhédrin d'oreilles saducéennes. Tous les disciples cette fois durent comparaître. Le grand prêtre n'osa devant eux prononcer le nom de sa victime : « Nous vous avons interdit, leur cria-t-il, d'enseigner en ce nom-là... » Et il ajoute ce mot si révélateur de l'angoisse qui commençait à l'étreindre: « Vous voulez faire retomber sur nous le sang de cet homme. » Mais les accusés, imperturbables, recommencent de déchiffrer devant lui l'énigme de cette vie et de cette mort et de démontrer à ce renard que lui et les siens ont été des dupes; car rien ne pouvait faire désormais qu'ils ne fussent dans les siècles des siècles ces princes et ces pontifes à qui le Juste avait été livré, ni qu'Il ne se confondît aux yeux de beaucoup avec cet homme de douleur qu'Isaïe avait vu et décrit aux Juifs aveugles et sourds : « Le Dieu de nos pères a ressuscité Jésus que vous avez fait mourir en Le pendant au bois. Dieu L'a élevé par sa droite comme Prince et Sauveur pour donner à Israël la repentance et le pardon des péchés... »

Ils ne durent qu'à l'intervention d'un pharisien nommé Gamaliel (et qui en tant que pharisien croyait que les morts ressuscitent) de ne pas être aussitôt entraînés dehors et lapidés. Gamaliel fit remarquer au Conseil que si cette œuvre venait des hommes, elle se détruirait d'elle-même, mais que si elle venait de Dieu, il ne fallait pas courir le risque de lutter contre Dieu. Ce risque, les pontifes de la Passion avaient conscience de l'avoir déjà terriblement encouru puisque, en dépit de leur haine, ils se rangèrent d'une seule voix à l'avis de Gamaliel.

Or, ce fameux docteur, petit-fils du grand Hillel, avait eu naguère parmi les disciples accroupis à ses pieds un adolescent du nom de Saul.

### Étienne et Saul.

Saul, Étienne : ces deux noms sont inscrits au seuil de la troisième vie du Christ comme pour nous rendre sensible dès les premiers pas ce mystère de la réversibilité grâce auquel Il a étendu son règne. Presque tous les récits inventés par les littérateurs sont l'histoire de la solitude humaine. Elle est au fond de tous les drames et surtout de ceux de l'amour. Mais à l'homme attentif au secret de la Grâce dans le monde, ce qui se révèle au contraire, c'est un univers indivisible d'interférences et d'échanges, un univers sans solitude où le péché même crée des liens entre les destinées. Dans toute vie où Dieu a pénétré, il n'existe plus de rencontres indifférentes; souvent même à l'insu des protagonistes :

le bourdon, qui, les pattes lourdes de pollen, s'écarte d'un calice, n'a pas conscience de ce qu'il va féconder. *Etiam peccata*, même les péchés : ils saturent, comme l'orage, l'épaisse atmosphère où les âmes respirent, se cherchent, se perdent ou se sauvent.

### Son visage leur parut comme celui d'un ange.

« Saul avait approuvé le meurtre d'Étienne... » On ne finit pas de rêver sur ce texte confondant. Saul, qui sera demain ce Paul dévoré d'amour, il a consenti à ce qu'un enfant de lumière fût livré à la meute. Il a fait pire : il a assisté à cette lapidation sauvage. « Les témoins déposèrent leurs vêtements aux pieds d'un jeune homme nommé Saul... » (Les témoins lançaient les premières pierres.) Peut-être fallait-il que Saul fût là pour que le regard du martyr croisât le sien. Il n'était là que pour ce regard échangé, que pour entendre le nom de Jésus proféré par cette bouche sanglante. Qui était Étienne? Un des premiers à qui les Douze eussent imposé les mains et qui semblait comme possédé du Christ. Il éclatait de beauté et de force : le plus beau des enfants des hommes se manifestait enfin dans cet enfant de lumière et, à travers lui, multipliait les miracles comme aux jours de sa vie mortelle; et avec la même autorité, il réduisait au silence ces adversaires du jeune diacre qui tenait tête à toutes les synagogues, à celle des affranchis, comme à celles des Cyrénéens et des Alexandrins. Même les Juifs venus de Cilicie et d'Asie ne réussirent pas à lui fermer la bouche. Sa perte fut donc résolue comme l'avait été celle de son Seigneur; et leurs ennemis communs eurent recours à la ruse qui avait déjà servi contre le Christ : on suborna de faux témoins. Étienne, selon eux, avait blasphémé contre Moïse et contre Dieu;

les mêmes scribes et le même peuple qui hier encore avaient hurlé à la mort de Jésus, se jetèrent sur son disciple et l'entraînèrent au Sanhédrin. Comme ils avaient accusé le Seigneur d'avoir prédit qu'Il détruirait le Temple et le rebâtirait en trois jours, ils ne cherchèrent pas beaucoup plus loin pour perdre le jeune diacre : son crime était d'avoir dit que Jésus, ce Nazaréen, détruirait le Temple. Et soudain, l'auteur des *Actes* témoin peut-être de cette scène la fixe pour nous à jamais : « Comme tous ceux qui siégeaient dans le Conseil avaient les yeux fixés sur Étienne, son visage leur parut être celui d'un ange... »

Saul, lui aussi, devait se trouver là. Qu'importait à un tel fanatique ce visage de lumière? Le disciple de Gamaliel n'était sensible qu'aux folies que prêchait Étienne, abominables à une oreille juive : toute l'histoire sacrée détournée de son sens traditionnel pour glorifier un Galiléen pendu, quelques mois plus tôt, à la croix des esclaves! La rage déchirait son cœur et il grinçait des dents comme tous ceux qui entendaient cet ange provoquer les princes des prêtres : « Hommes à la tête dure, criait Étienne (avec cette véhémence presque furieuse qui est la marque propre de Jésus dans les Évangiles, chaque fois qu'Il se heurte au Tartuffe éternel), incirconcis de cœur et d'oreilles, vous résistez toujours au Saint-Esprit; tels furent vos pères, tels vous êtes. Lequel des prophètes vos pères n'ont-ils pas persécuté? Ils ont même tué ceux qui annonçaient d'avance la venue du Juste; et vous, aujourd'hui, vous L'avez trahi et mis à mort. » Tandis que le cercle des Juifs se refermait sur lui, Étienne leva les yeux et vit Jésus.

A ce moment de l'histoire humaine où le Christ vient à peine de sortir du monde, on dirait qu'Il est encore aux portes, qu'Il ne les a pas refermées sur Lui. Le jour est proche où Saul sera lui aussi entouré d'une lumière céleste au détour d'un chemin; pourtant lorsqu'il assista au ravissement d'Étienne et qu'il entendit le jeune homme rendre témoignage à la face du Sanhédrin : « Voici que je vois les cieux ouverts et le Fils de l'Homme debout à la droite de Dieu... » sa rage ne dut pas être moindre que celle des autres accusateurs puisqu'il aura partie liée avec eux, et jusqu'à garder les vêtements des assassins tandis qu'ils accompliront leur crime.

Ce fut là, sans aucun doute, que Saul subit pourtant une première atteinte de la Grâce. L'auteur des *Actes* n'aurait pas insisté sur sa présence et sur la part qu'il prit au martyre d'Étienne, s'il n'y avait pas vu comme une prise de contact entre Saul et le Christ. Les bourreaux n'avaient pas dû jeter leurs vêtements bien loin de l'endroit où Étienne avait été entraîné. Saul, même s'il détournait la tête, ne put pas ne pas entendre la prière du martyr :

« Seigneur Jésus, recevez mon esprit. » Il ne se bouchait pas les oreilles et le Nom qu'il haïssait pénétrait, s'imprimait malgré lui dans son cœur. Étienne parlait à quelqu'un que Saul ne voyait pas; il parlait seul, mais comme si quelqu'un avait été là : « Seigneur, trouva-t-il encore la force de crier, ne leur imputez pas ce péché... » Le mourant songeait-il à l'un d'eux en particulier, au plus acharné de tous, à ce Saul qui ne daignait pas faire la besogne des brutes, mais qui les y poussait, qui s'y associait et qui allait au loin préparer d'autres massacres? Ce n'était pas assez pour le Père d'accorder au premier martyr, au fils aîné de cette immense famille d'immolés, ce qu'il osait demander seulement : que leur crime ne fût pas imputé à ses bourreaux; du premier sang versé, une grâce allait naître pour les Gentils, pour chacun de nous, hommes d'Occident, qui appartenons à la postérité de Paul.

Dans ce premier dialogue avec l'un

de ses bien-aimés, les paroles du Christ caché ne nous sont pas perceptibles; celles que prononce Étienne nous demeurent seules connues. Mais sur son visage, comme sur celui d'un ange, se reflétait la Face adorable. Bien des siècles plus tard, dans une petite ville d'Ombrie, à Foligno, le Seigneur devait dire à sainte Angèle : « Voici la grâce que Je t'apporte : Je veux que ta vue seule soit utile à ceux qui te verront... » « Qui sait ce que tu vois! » s'écriait une femme devant Benoît Labre en extase. De celui-là aussi un seul regard suffisait à retourner les cœurs. Si l'aspect angélique d'Étienne n'avait suscité dans Saul que de la fureur, peut-être était-ce qu'il lui fallait déjà résister à un charme inconnu. Rien ne nous vient du dehors qui ne soit déjà en nous; et c'est vrai surtout du Christ. Il l'a dit Lui-même à Pascal durant l'inoubliable Nuit : « Tu ne me chercherais pas si tu ne M'avais déjà trouvé... » Ce ne sera pas un inconnu qui, dans quelques semaines, sur la route de Damas, appellera cet homme tout à coup; avant même que Saul Lui ait demandé son nom, il saura déjà qui est ce Seigneur, il aura déjà reconnu cette lumière et cette voix qui l'habite depuis qu'il a vu la face d'Étienne resplendir à travers le sang.

Dans la rage qui l'oblige, à peine Étienne enseveli, à traquer les fidèles jusque dans leurs maisons et à les en arracher, peut-être existe-t-il comme une protestation contre ce qui est imprimé en lui déjà et qui l'obsède, contre ce Nom que le martyr avait prononcé avec tant d'ardeur et d'amour. Saul ne cédait d'ailleurs à aucune passion vile : le zèle de la maison de Dieu, du Dieu d'Abraham, d'Isaac et de Jacob, le possédait. C'était une piété profonde qui armait son bras, une piété de Juif, la même qui naguère avait poussé Jésus à flageller les marchands du Temple et à renverser leurs éventaires. Rien de moins déconcertant, au fond, que ce qui se prépare en lui, car il est déjà du côté de Dieu. Et même si Jésus ne l'avait pas foudroyé visiblement de son amour... Nous serons étonnés un jour de voir des persécuteurs nous précéder dans le Royaume. Des âmes très nobles, c'est leur noblesse même, quelquefois, qui les empêche de se soumettre au Christ. Elles ne voulaient pas céder à l'attrait des consolations, puisqu'elles ne croyaient pas; ce fut par scrupule qu'elles dirent non jusqu'à la fin. Elles avaient peut-être, à leur insu, cette foi qui consiste à ne pas acheter les faveurs du Dieu inconnu par des attitudes et des formules auxquelles n'adhéraient leur raison ni leur cœur. Ce raidissement où sans doute il entre presque toujours de l'orgueil est quelquefois le fait de l'honnêteté intellectuelle, du courage, de la pudeur... Pour Saul, il ne manquait pas de foi certes! il en débordait au contraire; mais il y satisfaisait l'emportement de sa jeunesse.

Sans doute s'étonnait-il de ces Juifs transformés en agneaux et qui se laissaient traîner par lui hors de leurs demeures, tendaient la joue gauche et, pusillanimes en apparence fuyaient, quand ils le pouvaient, dans les campagnes de la Judée et de la Samarie. Mais ils s'y répandaient comme des étincelles et le feu s'allumait partout où s'insinuaient ces prétendus lâches. Maintenant, l'incendie entourait Saul dont la violence demeurait impuissante. La faiblesse de ses ennemis triomphait de toutes parts. A Jérusalem, seuls demeuraient les « colonnes » et le Sanhédrin n'osait y toucher. Mais à Samarie, où la femme sans doute vivait encore à qui le Seigneur au bord d'un puits avait dit qu'Il était le Messie, les persécutés durent trouver quelques-uns de ceux qu'elle avait persuadés de croire à Jésus de Nazareth. Philippe avait rejoint ce petit noyau; et là où était Philippe, tout arrivait comme là où avait été le Christ. Sur son passage, les esprits impurs sortaient des corps en poussant de grands cris. Et même un magicien, Simon, qui devait devenir l'un des premiers hérétiques, crut au nom du Seigneur. Pierre et Jean vinrent à leur tour afin d'imposer les mains à ceux qui avaient été baptisés.

Je suis Jésus que tu persécutes.

Saul était trop prévenu contre les apôtres et contre tous ceux qui se réclamaient du Nazaréen, pour qu'humainement il subsistât le moindre espoir de le convertir. Pour la première fois, depuis qu'Il a quitté le monde, le Seigneur va donc se manifester en personne et sans aucun intermédiaire entre Lui et la créature qu'Il s'est choisie. Ainsi désormais agira-t-Il dans plus d'une destinée avec moins d'éclat mais avec autant d'efficace. Là où les hommes ne peuvent rien, Il surgit tout à coup et, en proie à cette impatience des vainqueurs qui ne souffre pas de remise, Il tranche d'un coup le nœud des difficultés et des contradictions; Il ne lui faut qu'un instant pour renverser et détruire tout ce qu'une pauvre vie oppose depuis des années à la Grâce. Le Père n'en aurait jamais fini avec ce furieux que la gentilité attendait dans les ténèbres si le Fils n'était intervenu Lui-même avec une sorte de hâte, d'amoureuse impatience. Cependant, Il lui laisse jeter son dernier feu.

Le persécuteur « respirant la menace et la mort » avait obtenu des lettres pour les synagogues de Damas et une escorte afin de ramener enchaînés à Jérusalem tous ceux qui, dans cette ville, se réclamaient de Jésus... Mais ici, il faut suivre pas à pas et verset par verset le texte des *Actes* : « Comme il était en chemin et qu'il approchait de Damas, une lumière venant du ciel resplendit autour de lui. Il tomba par terre et il entendit une voix qui lui

disait : « Saul, Saul, pourquoi Me per-
« sécutes-tu? » Il répondit : « Qui êtes-
« vous, Seigneur? » et le Seigneur dit :
« Je suis Jésus que tu persécutes. Il te
« serait dur de regimber contre l'aiguil-
« lon. » Tremblant et saisi d'effroi, il
dit : « Seigneur que voulez-vous que je
« fasse? » Le Seigneur lui répondit :
« Lève-toi et entre dans la ville; là on
« te dira ce que tu dois faire... » Les
hommes qui l'accompagnaient demeu-
rèrent saisis de stupeur; car ils entendaient la voix mais ne voyaient personne. Saul se releva de terre, et
quoique ses yeux fussent ouverts, il ne
voyait rien; on le prit par la main et
on le conduisit à Damas; et il y fut
trois jours sans voir, et il ne mangeait
ni ne buvait. Or, il y avait à Damas un
disciple nommé Ananie. Le Seigneur
lui dit dans une vision : « Ananie? » Il
répondit : « Me voici, Seigneur. » Et le
Seigneur lui dit : « Lève-toi, va dans la
« rue qu'on appelle la Droite, et cherche
« dans la maison de Judas un nommé

« Saul de Tarse; car il est en prières, et
« il a vu un homme nommé Ananie qui
« entrait et lui imposait les mains afin
« qu'il recouvrât la vue. » Ananie répondit : « Seigneur, j'ai appris de plusieurs
« tout le mal que cet homme a fait à
« vos saints dans Jérusalem. Et il a ici
« un mandat du prince des prêtres pour
« charger de chaînes tous ceux qui
« invoquent votre nom. » Mais le Seigneur lui dit : « Va, car cet homme est
« un instrument que J'ai choisi pour
« porter mon nom devant les nations,
« devant les rois et devant les enfants
« d'Israël; et Je lui montrerai tout ce
« qu'il doit souffrir pour mon nom. »

Tout se passa comme il avait été prédit à Ananie : les écailles tombèrent des yeux de Saul et il fut aussitôt baptisé. Après quelques jours passés avec les disciples de Damas, il se mit à prêcher dans les synagogues que Jésus est le fils de Dieu; et les Juifs l'écoutaient avec stupeur. Ils cherchèrent à le tuer et on gardait nuit et jour les portes de la ville pour qu'il ne pût sortir de Damas. Les disciples alors le firent descendre, la nuit, dans une corbeille, du haut des remparts.

Saul, qui maintenant s'appelait Paul, rentra à Jérusalem. Mais les fidèles, à sa vue, prenaient la fuite. C'est qu'il ne ressemblait pas à Étienne : son visage n'était pas celui d'un ange; le Christ ne rayonnait pas à travers son corps; son seul aspect répandait l'épouvante. Ce fut là sa première épreuve : lui qui voulait conquérir les âmes à son bien-aimé, créait le désert par sa seule approche. Il souffrait et pleurait, ne connaissant pas les desseins de son Maître sur lui et qu'il fallait que la vie à Jérusalem lui fût rendue intenable et que la nécessité l'obligeât de quitter la ville sainte. Ailleurs, d'autres brebis l'attendaient. Il en reçut confirmation de la bouche même de Jésus, un jour qu'il priait dans le Temple. Cette fois, aucune lumière ne vint du ciel et Celui qui lui parlait n'eut pas besoin de se nommer pour être reconnu. « Je fus ravi en esprit... » dit saint Paul. A quoi servirait d'épiloguer sur ce ravissement? Il vit, il entendit Jésus dans ce même Temple où Jésus avait Lui-même enseigné et prié si peu de temps auparavant. Mais c'était du dedans de lui que montait cette voix : « Hâte-toi et sors au plus tôt de Jérusalem, parce qu'on n'y recevra pas le témoignage que tu rendras de Moi. — Seigneur, répondis-je, ils savent eux-mêmes que je faisais mettre en prison et battre de verges dans les synagogues, ceux qui croyaient en Vous, et que lorsqu'on répandit le sang d'Étienne, Votre témoin, j'étais moi-même présent, joignant mon approbation à celle des autres et gardant les vêtements de ceux qui le lapidaient. Alors, Il me dit : « Va, c'est aux nations lointaines que Je veux t'envoyer. »

Aux nations lointaines... Cette mission concerne chacun de nous en particulier, hommes d'Occident. Il n'y a pas tant de générations de nous à nos pères, Romains, Ibères, qui ont reçu la parole de Paul ou des disciples de Paul. Et les luttes que Paul aura à soutenir contre les chrétiens judaïsants montrent à quel point il fut, dès ses premiers pas, le héraut du Christ intérieur, de Celui dont nous cherchons ici à relever les traces. Car même lorsque les frères de Jérusalem ne purent plus douter que Saul, le persécuteur, avait été gagné au Christ, ils continuèrent de s'opposer à lui, et jusqu'à le mettre en contradiction avec Jacques le frère du Seigneur et même avec Pierre.

## L'ÉCHARDE DANS LA CHAIR.

La lutte que le Fils de l'Homme avait menée durant trois ans contre la lettre qui tue, au nom de l'Esprit qui vivifie, allait prendre maintenant sa signification. Ce Paul qui ne vivait plus que de la vie du Christ (« Ce n'est plus moi qui vis... ») se battrait désormais pour élargir, à la mesure de l'Empire romain, les frontières du Royaume qui est au-dedans de nous. Il frayait la route au Christ intérieur qui n'avait pas, au sein de l'Église naissante, d'adversaires plus dangereux que ces Juifs de stricte observance, entêtés à imposer la circoncision aux païens baptisés. Dans la bergerie dont il n'avait pu leur interdire l'entrée, ils allèrent jusqu'à les obliger de manger à part, avec l'approbation de Jacques, mais aussi de Pierre.

A ces nouveaux venus, dont le nombre croissant réduira très vite l'influence de la première Église judaïsante de Jérusalem, Paul enseigne que la loi, les observances, tout ce qui les détourne de leurs rapports personnels avec le Seigneur compte pour peu. Il ne leur dissimule pas les secrets de sa propre vie dans le Christ, à qui il demeure tellement uni qu'il ne subsiste plus, entre le serviteur et son

Maître, l'intervalle nécessaire pour que reprenne le dialogue du chemin de Damas. Sur son corps même, Paul se glorifiait de porter les marques de Jésus crucifié. Ce Juif souffreteux avait dans sa chair ce qu'il appelle une écharde, à propos de quoi nous sommes réduits aux conjectures. « Cet ange de Satan qui le souffletait » qui était-il? Une atroce humiliation, d'ordre à la fois physique et spirituel, peut-être, puisque cet amoureux de la croix défaille devant celle-là et supplie qu'elle s'éloigne. « Ma grâce te suffit, lui avait répondu la voix au-dedans de lui, *car ma force se révèle dans la faiblesse...* » Mot prodigieux, aussi authentique qu'aucune parole des Évangiles et qui, par cette divinisation de la faiblesse, dresse devant le monde cette pierre de scandale contre laquelle Nietzsche, après tant d'autres grands esprits, est venu se briser.

La force que Paul avait reçue du Seigneur, c'était de transmuer en croix rédemptrice toute misère : quelle qu'ait été cette écharde, nous savons par son aveu même jusqu'où il poussa la ressemblance avec le Christ flagellé : « Des Juifs, j'ai reçu quarante coups de lanière moins un. Trois fois j'ai été battu de verges... »

Ce ne sera pas seulement la passion de son Dieu qu'il vivra étape par étape, il y ajoutera ce qu'avait subi aussi le premier martyr dont il avait été l'un des bourreaux : « Une fois, j'ai été lapidé... » Et ce n'eût rien été des mille périls encourus au long de ses voyages, ni de la faim, du froid, des trahisons; mais le Christ en lui épousait la misère innombrable des siens : « Qui est faible sans que Je le sois aussi ? Qui souffre scandale sans qu'un feu me dévore ? »

Toutes ces croix, il les porta avec une joie qui nous serait incompréhensible, si nous ne connaissions les raisons qu'il avait de croire au Christ. Comme si la voix entendue sur la route de Damas n'avait pas suffi, le Maître intérieur se manifesta de nouveau, non pas au-dedans de lui, cette fois, mais Il attira Paul à la lettre hors de Lui-même. Cette grâce, l'apôtre en fit l'aveu aux fidèles de Corinthe quatorze ans après l'avoir reçue (environ l'an 42, au début de son ministère, lorsqu'il partit de Tarse avec Barnabé pour évangéliser Antioche) : « Je connais quelqu'un, écrit-il de lui-même, qui fut ravi jusqu'au troisième ciel. Je sais que cet homme (avec son corps ou sans son corps, je ne sais, Dieu le sait) fut ravi au paradis. Il y entendit des paroles ineffables qu'il n'est pas permis à un mortel de redire. »

La constance de Paul serait inimaginable comme le sera celle des milliers de martyrs tant que durèrent les persécutions, et parmi lesquels il y eut tant de vierges, d'adolescents, d'esclaves, sans cette évidence qu'ils eurent que leur Seigneur et leur Dieu était là, à la fois en eux et autour d'eux, et sur leurs têtes, s'ils n'avaient baigné, s'ils n'avaient été comme immergés en Lui. La présence de Jésus invisible, un historien aussi peu visionnaire que Mgr Duchesne ne trouve aucune autre explication au triomphe d'une doctrine rigoureuse, persécutée et haïe comme le fut le christianisme naissant : « A certains égards, écrit-il, Jésus était présent. Il vivait par l'Eucharistie au milieu de ses fidèles et en eux. Et ceux-ci possédaient encore dans les merveilles des charismes, prophéties, visions, extases, guérisons miraculeuses, comme un second contact avec l'invisible divinité. De tout cela résultait dans les groupes chrétiens et dans les individus une tension religieuse, un enthousiasme dont l'influence doit être comptée au nombre des plus puissants moyens de conversion... »

Il y faut ajouter cette hantise du retour imminent de Jésus, cette persuasion où ils vivaient tous que le Fils de l'Homme était aux portes, qu'Il allait surgir comme un voleur. Le Christ qui était au-dedans d'eux, ils ne doutaient point de Le voir réapparaître d'un jour à l'autre et se manifester à l'humanité entière. Le renoncement à un monde condamné, et dont la sentence était si près d'être exécutée, paraissait facile à beaucoup.

## Des hommes pareils a nous.

Gardons-nous pourtant de considérer ces premiers chrétiens comme des hommes d'une autre espèce que la nôtre et d'une vie spirituelle essentiellement différente. En réalité, ces frères des temps héroïques nous ressemblent plus que nous ne l'imaginons. En un point très important, notre condition est proche de la leur. Aujourd'hui, dans la mesure où le monde se déchristianise et revient sous des formes nouvelles aux vieilles idolâtries de la cité, de la race et du sang, le chrétien authentique n'est guère moins isolé dans la société moderne que ne le furent les premiers chrétiens sous l'empire des Césars, et beaucoup ne se défendaient pas plus que nous ne le faisons nous-mêmes contre cette corruption qui de toutes parts les baignait. L'accoutumance nous empêche d'être sensibles à cette contradiction de la Croix et du monde aussi irréductible après tant de siècles que lorsque les premiers disciples de Jésus commencèrent de se mesurer avec le paganisme.

Pour les chrétiens de ces temps héroïques, aucune autre question à résoudre que celle qui s'impose à leurs frères d'aujourd'hui : persévérer dans la foi au milieu d'un monde sans foi, demeurer purs dans une société livrée à toutes les convoitises. Paul reconnaît lui-même qu'il ne saurait exiger des fidèles qu'ils interrompent tout commerce avec les impudiques du monde; car, dit-il : « Autant vaudrait sortir du monde! » Mais comment respirer sans en être atteint, l'atmosphère qui régnait alors et qui règne encore aujourd'hui dans les grandes villes de l'Occident et du Proche-Orient?

Le Christ invisible n'intervenait pas dans cette lutte des siens plus directement qu'Il ne fait aujourd'hui, comme le prouvent les abus dénoncés par saint Paul. Non seulement les péchés ordinaires, mais les pires scandales déshonorent les Églises naissantes : « L'on n'entend parler chez vous que d'impudicité, écrit-il aux Corinthiens, et d'une impudicité telle qu'il ne s'en rencontre pas même chez les païens... » C'était de l'inceste qu'il s'agissait. Et il ne croyait pas inutile de leur rappeler que « ni les impudiques, ni les idôlâtres, ni les adultères, ni les efféminés, ni ceux qui pratiquent la sodomie, ni les voleurs, ni les cupides, ni les ivrognes, ni les calomniateurs, ni les hommes de rapine n'hériteront le Royaume de Dieu ».

Même lorsque s'ouvrit l'ère des persécutions, il faut se garder d'imaginer une humanité surhumaine, toute tendue vers le don total. Il en va des idées que nous avons de ces époques signalées par tant de martyrs, comme de ce que les laïcs se représentent des cloîtres qu'ils ne croient peuplés que de saintes et de saints. En réalité, leur Dieu était ce même Dieu qui ne s'impose à aucune âme et qui, faisant ses délices de l'amour, souhaite de nous un choix librement consenti. Les Polyeucte du IIe siècle restaient toujours libres de se reprendre. Jésus ne forçait la main de personne; et cette primitive Église souffrante, mise au ban de l'Empire et sur qui planait une menace terrible, connaissait tous les démons qui nous harcèlent encore.

Le livre d'Hermas connu sous le titre de *Pasteur d'Hermas*, composé dans la première moitié du IIe siècle, nous en fournit le témoignage. Hermas, chrétien de Rome, frère du pape Pie, se montre fort préoccupé de la réforme morale de cette société chrétienne qui nous apparaît de loin toute resplendissante du sang des martyrs. Sans doute les deux empereurs Trajan et Adrien se montrèrent-ils moins féroces que d'autres Césars, mais le risque demeurait grand pour les chrétiens. L'apostasie n'était point rare parmi eux, ni le blasphème ni le reniement public. Certains martyrs même hésitèrent, faiblirent avant de consentir au sacrifice suprême. Beaucoup de fidèles, après l'enthousiasme des premiers jours, comme il arrive encore aujourd'hui à beaucoup de convertis, cédaient de nouveau à l'esprit du monde. Les scandales de la chair étaient fréquents parmi eux et aussi la perte de la foi. La facilité de la confession et de l'absolution n'existait pas alors. Bien qu'Hermas n'approuve pas ceux qui niaient que l'on pût après le baptême obtenir le pardon de ses péchés, il est certain qu'au II$^e$ siècle, les fautes graves avaient dans la destinée des pécheurs un tout autre retentissement qu'aujourd'hui.

Au siècle suivant, lorsqu'un édit de l'empereur Dèce interdit sous peine de mort la circoncision et l'administration du baptême, Denis d'Alexandrie rapporte que la défaillance fut universelle : « Un grand nombre de personnages en vue se présentèrent d'eux-mêmes... Appelés par leurs noms et invités à sacrifier, ils s'avançaient, la plupart livides et tremblants... La multitude assemblée à ce spectacle les tournait en dérision; tout le monde voyait que c'étaient des lâches aussi timides devant le sacrifice que devant la mort. Certains montrèrent plus d'assurance : ils couraient aux autels, protestant qu'ils n'avaient jamais été chrétiens... » Certains se laissaient mettre en prison, mais ils abjuraient devant le tribunal ou étaient vaincus par la torture. Il en fut ainsi à Carthage, à Rome, à Alexandrie. L'évêque de Smyrne abjura avec un grand nombre de ses fidèles.

Ainsi, pour ces frères si proches du Christ dans le temps, tout se ramène comme pour les chrétiens d'aujourd'hui à la persévérance. Quelles que fussent les épreuves subies, leur Dieu n'était pas un autre que Celui qui est connu des âmes d'aujourd'hui et dont le silence, l'absence désolent ceux qui se sont trop fiés aux approches sensibles de la Grâce. Pour eux comme pour nous, il s'agissait de ne pas renier aux heures de ténèbres ce qui nous a été révélé dans la lumière. Tel est au fond le vieux drame chrétien. Combien de jeunes êtres ont tout donné, se sont liés par des vœux solennels à un Dieu qu'ils n'ont pu, durant tout le reste de la vie, atteindre que dans l'obscurité d'une foi sans consolations sensibles! Tels furent les mœurs de ce Christ invisible, si j'ose dire, dès le commencement de son travail au cœur de l'humanité. Il est là, dans chaque destinée chrétienne. Sa présence s'y manifeste, à certaines heures et chez quelques-uns, avec une telle force, qu'il leur semble que ce ne sera pas assez de toute une vie pour Le servir et pour L'aimer. Et puis les portes se referment : il reste cette route jusqu'à la mort, jalonnée de devoirs, cette route dans les ténèbres, sans le secours d'aucune tendresse, au plus épais d'un monde adonné à toutes les délices. Combien de martyrs n'ont pas vu, comme Étienne, les cieux ouverts! Beaucoup, peut-être, cédaient à l'impatience de pousser le vantail, pour rejoindre leur Dieu caché.

# V

# L'imitation
# des bourreaux de Jésus-Christ

Que le Christ Lui aussi ait été un homme, qu'Il soit un homme, cette vérité, dans la mesure où les hommes l'ont accueillie et y ont cru, aurait dû créer une coupure dans l'histoire de la férocité humaine. Et sans doute il y a eu changement. L'Incarnation a en effet partagé l'Histoire. L'esclave est devenu par le Christ le frère de son maître. C'est là une vue de l'esprit consolante, surtout si nous lui opposons, comme nous avons accoutumé de faire, cette évidence tirée de l'exemple des régimes totalitaires, qu'un peuple se déshumanise dans la mesure où il se déchristianise. Cela aussi est bien réconfortant à penser pour un chrétien, bien rassurant.

Mais nous ne cherchons pas à nous réconforter, ni à nous rassurer. Ce qui importe, ce n'est pas ce qui, selon nous, aurait dû être, mais ce qui a été et ce qui est. Nous croyons, au surcroît de dignité que l'homme créé à l'image et à la ressemblance du Père, a reçue et a reçue singulièrement dans son corps, dans sa chair, dans son cœur de chair, de cet insondable mystère du Dieu fait homme, du Verbe de Dieu devenu l'un de nous. Et il est indéniable que la Bonne Nouvelle l'a été d'abord et surtout pour les esclaves et pour les races méprisées : la foudroyante propagation du christianisme à travers l'empire, si nous y cherchons une raison humaine, est due d'abord à cette soudaine dignité dont les esclaves et les Juifs ont été revêtus, à cette promotion inespérée dont ils ont bénéficié, parce que le Christ avait voulu être l'un d'eux, qu'Il s'était fait l'un d'eux et qu'Il serait l'un d'eux jusqu'à la fin des temps, jusqu'à ce dernier jugement où Il se confondra avec eux à la face de la terre et du ciel : « J'ai eu faim et vous M'avez donné à manger, J'étais en prison et vous M'avez visité... C'est à Moi-même que vous l'avez fait. » Il était ce prisonnier, Il était ce chômeur. A travers toutes les hagiographies, depuis qu'il existe des saints qui imitent le Seigneur, court cette légende du pauvre qui frappe à la porte un soir, qui est accueilli ou repoussé, et qui était le Christ.

Mais enfin ce n'est pas la légende qui nous importe, c'est l'histoire. Les hommes ont-ils traité moins cruellement d'autres hommes à partir du jour où ils ont cru au Verbe incarné? Un illustre Jésuite taquinait récemment du haut de la chaire les petits naïfs de mon espèce qui apprennent l'Histoire chez les poètes... Je l'apprends aussi, n'en déplaise à ce Révérend Père, dans les mémoires et dans les lettres des hommes qui massacrent et brûlent vifs d'autres hommes et qui ont commis ces crimes bien qu'ils aient toujours fait profession de croire que le Christ Lui aussi a été un homme.

Telle est la question : l'ère chrétienne a-t-elle été marquée par le respect de l'homme en tant qu'il est une chair souffrante capable d'endurer beaucoup de souffrance, un esprit sur lequel il est possible d'agir, une conscience dont on peut venir à bout en torturant le corps ? Simone Weil a été obsédée toute sa vie par les millions d'esclaves crucifiés avant le Christ, par cette forêt immense de gibets où tant de précurseurs ont été cloués, à qui aucun centurion n'a rendu témoignage après avoir entendu leur dernier cri. Je suis obsédé quant à moi bien davantage par toutes les croix qui n'ont cessé d'être dressées après le Christ, par cette chrétienté aveugle et sourde qui, dans les pauvres corps qu'elle soumettait à la question, n'a jamais reconnu Celui dont, le jour du vendredi saint, elle baise si dévotement les pieds et les mains percées.

Cette identité dont le Seigneur Lui-même se réclame en termes que nul ne peut récuser, pourquoi n'a-t-elle été saisie que par les saints, ou par les chrétiens qui tendent à la sainteté, et certes ils sont innombrables, mais pourquoi ne l'a-t-elle pas été par les peuples chrétiens? Pour ne prendre qu'un exemple, c'est comme annonciatrice du Christ que l'Espagne a conquis le Nouveau Monde. Ce fut pour l'évangéliser. Comment se fait-il qu'elle y ait anéanti plusieurs races avec la pire des férocités : celle que le lucre déchaîne? Comment se fait-il que cette histoire des conquistadores nous scandalise si peu? Et si je parle de l'Espagne, je n'oublie pas la poutre qui est dans mon œil de Français. Et bien sûr je n'oublie pas non plus le bien qui s'est accompli par nous, même sans tenir compte de l'apostolat missionnaire : les terres défrichées, les mines exploitées, l'équipement des ports, les chemins de fer, les routes, et surtout les hôpitaux, les dispensaires, l'enseignement qui nous suscite partout des interlocuteurs aussi malins que nous et dont nous nous sommes acharnés, dont nous nous acharnons encore à faire des ennemis. Mais l'industrialisation a créé la prolétarisation, deux horribles mots pour exprimer deux horribles choses, source d'une misère peut-être pire que celle que nos missionnaires, nos instituteurs, nos médecins ont fait reculer.

Le Christ Lui aussi est un homme. Comment ce fait a-t-il eu si peu de conséquences et pourquoi n'a-t-il changé en rien le comportement des hommes baptisés? Il persiste à travers toute l'histoire chrétienne un sentiment de mépris invincible à l'égard des races moins évoluées ou haïes pour des raisons de tous ordres. Le rapport historique entre les peuples dominateurs et les peuples dominés n'a pas sensiblement changé depuis le Christ si même, pour des raisons d'ordre économique, il n'a pas empiré, dans la mesure où ce surcroît de puissance que la libération chrétienne apportait à l'homme d'Occident, a été utilisée par lui pour dominer sur ceux qui n'avaient pas reçu la lumière. Les richesses naturelles que les peuples primitifs détenaient à leur insu ont déchaîné et déchaînent encore une convoitise chez les nations chrétiennes qui, pour s'assouvir, a répandu et répand encore beaucoup de sang. Leur domination s'est perpétuée par des procédés qui témoignent que ce n'est pas l'imitation de Jésus-Christ mais l'imitation des bourreaux de Jésus-Christ, au cours de l'Histoire, qui est devenue trop souvent la règle de l'Occident chrétien.

Nous avons feint de croire que ce mal séculaire était une maladie contractée récemment. Nous avons feint de croire que le nazisme avait empoisonné les peuples qu'il avait asservis et que si la torture est pratiquement rétablie chez nous, il faut voir dans ce malheur une séquelle de l'Occupation et admettre que la Gestapo a contaminé ses victimes. En fait, ce qui était plus ou moins clandestin naguère est entré dans les mœurs policières, voilà le vrai. C'est un peu ce qui se passe pour la pornographie : ce qui se vendait autrefois sous le manteau est offert désormais à tous les étalages. De même on torture aujourd'hui ouvertement.

Et sans doute est-il exact que la Gestapo après le Guépéou a fait école et qu'elle a apporté des perfectionnements dans l'art de faire souffrir. L'électricité appliquée à des endroits choisis du corps humain, donne des résultats que n'eût pas obtenus un outillage plus compliqué et plus dispendieux, du temps que le bon roi Louis XVI n'avait pas encore aboli la torture. C'est admirable ce que l'on obtient aujourd'hui avec une simple baignoire, avec moins encore : une cigarette allumée, dans certains cas, a fait merveille. La flagellation, le couronnement d'épines, le manteau de dérision ne tendaient pas à obtenir des aveux mais dans l'esprit de Pilate, à donner à cet homme qui se disait Fils de Dieu un aspect si misérable que la foule peut-être et ses ennemis eux-mêmes Le prendraient en pitié. Nous n'avons pas aujourd'hui, quand nous attachons un homme à un poteau, dans une salle de police — je dis « nous » car nous sommes en démocratie et nous sommes tous solidaires de ces choses — nous n'avons aucun désir d'apitoyer personne.

Et sans doute rien de tout cela ne s'accomplit sans raison ni sans excuse ni quelquefois sans justification. Un terrible engrenage nous broie. Quelles que soient nos raisons et nos excuses, après dix-neuf siècles de christianisme, le Christ n'apparaît jamais dans le supplicié aux yeux des bourreaux d'aujourd'hui, la Sainte Face ne se révèle jamais dans la figure de cet Arabe sur laquelle le commissaire abat son poing. Que c'est étrange qu'ils ne pensent jamais, surtout quand il s'agit d'un de ces visages sombres aux traits sémitiques, à leur Dieu attaché à la colonne et livré à la cohorte, qu'ils n'entendent pas à travers les cris et les gémissements de leur victime sa voix adorée : « C'est à Moi que vous le faites! » Cette voix qui retentira un jour, et qui ne sera plus suppliante, et qui leur criera et qui nous criera à nous tous qui avons accepté et peut-être approuvé ces choses : « J'étais ce jeune homme qui aimait sa patrie et qui se battait pour son roi, J'étais ce frère que tu voulais forcer à trahir son frère. » Comment cette grâce n'est-elle jamais donnée à aucun bourreau baptisé? Comment les soldats de la cohorte ne lâchent-ils pas quelquefois le fouet de la flagellation pour tomber à genoux aux pieds de celui qu'ils flagellent?

A quel moment de l'Histoire, les nations chrétiennes ont-elles témoigné qu'elles se souvenaient que le

Christ a été un homme torturé dans son corps? Et elles demeurent sans excuse puisqu'il y a toujours eu, dans chaque génération, des François d'Assise ou des Vincent de Paul pour le leur rappeler, non par leurs paroles mais par leur vie sacrifiée. Mais le cours de l'Histoire n'a pas été infléchi par les saints. Ils ont agi sur les cœurs et sur les esprits, mais l'Histoire est restée criminelle.

Même l'esclavage n'a jamais disparu. Les Noirs d'Amérique sont les témoins terriblement encombrants de cette traite qui a enrichi beaucoup de bonnes gens du bon vieux temps, des bonnes gens de chez nous, qu'ils fussent natifs de Saint-Malo, de Bordeaux ou de Nantes. Il n'est pas très rassurant d'être né dans un port et d'avoir eu peut-être des ancêtres qui ont navigué et armé des bateaux, car l'ivoire et les épices ne constituaient pas le plus beau de leur cargaison. Je crois bien que le père de Chateaubriand devait une part de sa richesse à la traite. Oui, la traite est une de ces choses qui sont à la source de grandes fortunes et qui font frémir.

Considérons de plus près cet homme qui a été le Christ. Qui était-Il? Car il ne s'agit pas de l'homme avec une majuscule, de l'homme en soi dégagé de tout caractère ethnique, ou du moins ne l'est-Il devenu que lentement. Le Fils de l'Homme a émergé dans sa beauté, dans sa douceur et dans sa force d'un milieu très obscur. Il a été au départ un homme entre les hommes à une époque précise de l'Histoire, appartenant à un milieu défini. Il aurait pu être riche ou pauvre, Il a choisi d'être pauvre. Il aurait pu appartenir à la race des seigneurs, des seigneurs de son temps : les Romains. Il a choisi de naître Juif, ouvrier juif. A ces deux caractères de la personnalité humaine du Christ, comment ont réagi les générations chrétiennes?

Nous éprouvons quelquefois jusqu'au vertige l'épouvante que toute notre piété, celle qui nous fut enseignée dans le collège où nous fîmes une première communion si fervente, celle que pratiquait notre mère dans des maisons de province parfumées de l'odeur des bonnes cuisines, sous les arbres séculaires des grandes vacances, que toute cette ferveur, que tout cet amour ait concerné un Christ refait à notre image et à notre ressemblance, à l'image et à la ressemblance de notre milieu social, aussi éloigné de cet homme qu'il fut réellement, que nous l'étions nous-mêmes du docker à côté duquel nous hésitions à nous asseoir dans le tramway ou de l'un de ces Juifs du marché en plein vent, à Bordeaux, que nous nous amusions, quand j'étais écolier, à faire éclater en injures en le narguant avec le coin de notre pèlerine pliée en forme d'oreille de cochon.

Non que je croie nécessaire de ne voir dans le Christ ressuscité que l'ouvrier qu'Il fut et de tout reconstruire à partir de là comme on y incline aujourd'hui. S'il y a une vérité qui éclate dans les Évangiles, c'est que le Seigneur ne faisait pas acception des personnes. Si Zachée perché dans son sycomore s'était appelé Rothschild, Il lui aurait aussi bien dit : « Rothschild, je veux aujourd'hui dîner chez toi. » Il n'est pas sûr qu'un ajusteur-mécanicien ou qu'un égouttier en tant que tels aient plus de prix aux yeux de Dieu qu'un ambassadeur, qu'un académicien ou qu'un membre du Jockey. Le Fils de l'Homme aurait pu appeler aussi bien un policier et le policier L'aurait suivi. Avant et après la Passion, il se trouve un centurion que la Grâce du Christ recouvre et fait resplendir à jamais : Celui qui nous a enseigné comment il faut recevoir le Seigneur quand Il vient au-dedans de nous, Celui qui nous a soufflé les paroles qu'il faut dire à ce moment-là, qui nous a appris le geste de se frapper la poitrine, et cet autre centurion que le dernier grand cri mystérieux désabuse d'un seul coup et qui reçoit la grâce de reconnaître, dans ce supplicié couvert de crachats, de sang et de pus, le Sauveur du monde, le Fils de Dieu. Centurion ou péager, ou docteur de la loi, non, le Christ ne fait pas acception des personnes et la classe ouvrière, si elle peut être préférée, ne doit pas être déifiée. Il reste que le Seigneur a été cet ouvrier et ce pauvre. Quelle a été la place des ouvriers, quelle est encore leur place dans la société chrétienne?

Et Il a été ce Juif. L'antisémitisme dans les nations chrétiennes et singulièrement chez les catholiques, beaucoup de causes y ont concouru et l'instinct profond de la haine se fortifie ici de toutes les excuses que lui fournit l'Histoire. Quelles que soient ces excuses et ces raisons, le fait que le Christ ait été un enfant juif, un adolescent juif, un homme juif, que sa mère ait ressemblé à cette petite fille juive que nous connaissons peut-être, cela n'a pas pesé, ou a pesé si peu dans la balance pour faire contrepoids à une haine qui s'est fortifiée de siècle en siècle jusqu'au nôtre, jusqu'aux crématoires du nôtre : ils en ont été l'effroyable aboutissement. Enfants juifs qu'un sombre matin de l'Occupation, ma femme a vus à la gare d'Austerlitz parqués dans des wagons de marchandises, gardés par des policiers français, vous resterez à jamais présents à mon cœur et à ma pensée.

Ici, et parce que l'amertume du dégoût nous emplit la bouche, arrêtons-nous à une autre leçon qui nous est proposée par cette vue du Christ fait homme, du Christ qui a été un homme. Une tentation redoutable à certaines heures et lorsqu'on a longtemps vécu, c'est le mépris. Nous en avons trop vu. Il n'y a décidément rien à attendre, pensons-nous à ces heures-là, de cet être rusé, haineux, mais surtout cupide, qui ne cherche que son intérêt et qu'à jouir d'une richesse acquise parfois grâce à l'exploitation de toute une classe et à l'empoisonnement de toute une race; rien à faire, nous répétons-nous, de cette créature hypocrite qui déguise sous de grands noms et de grands sentiments, sous le nom de la Patrie en particulier, ses passions les plus viles. C'est l'excuse des régimes totalitaires : toutes les tyrannies sont fondées sur le mépris de l'homme.

Lorsque cette tentation du mépris nous prend à la gorge, c'est alors qu'il faut nous rappeler que le Seigneur a été un homme comme nous et qu'Il nous a aimés. S'Il a été l'un de nous, c'est que l'homme, si misérable qu'il soit, est capable de Dieu. Et puisque le Seigneur a appartenu charnellement à l'humanité nous ne devons jamais désespérer de cette humanité sanctifiée et glorifiée en Lui, et s'Il nous a aimés, c'est que nous sommes dignes d'être aimés malgré tant de crimes.

Le Seigneur n'a pas moins aimé les hommes après son supplice qu'Il ne les aimait avant d'avoir souffert par eux ce qu'Il a souffert : au contraire. Le Christ ressuscité montre à ses amis plus de douceur et plus de tendresse qu'Il ne faisait avant la Passion. Les dures paroles contre la race de vipères, contre les docteurs hypocrites, celles qui maudissent Capharnaüm, Carozaïm et Betsaïda, nous ne les entendons plus dans la bouche de l'inconnu qui accompagne au crépuscule, sur le chemin d'Emmaüs, deux pauvres hommes accablés de chagrin. Et voici que s'allume en eux pendant qu'Il parle ce feu qu'ils vont communiquer à d'autres et qui ne s'éteindra plus. Ce Jésus sort vivant d'un enfer de souffrance. Il a traversé toutes les tortures que les bourreaux de tous les temps ont infligées et infligent encore avec plus de lâcheté s'il est possible que de férocité, — car la victime est toujours liée, elle est toujours sans défense, elle est toujours comme un agneau qu'on égorge, — et pourtant Il est là qui marche à côté de Cléophas et du compagnon de Cléophas et Il leur explique les Écritures du même cœur qu'un curé ou qu'un vicaire de banlieue, à la fin d'une dure journée, explique le catéchisme à deux enfants. Il sort du tombeau, mais Il sort aussi de la dérision et de l'ignominie des outrages, Celui dont la voix se fait reconnaître par un accent d'indicible tendresse lorsqu'Il dit : « Marie! » à la sainte femme qui Le cherche. Il montre ses plaies à Thomas Didyme, non pour lui faire honte d'appartenir à une race d'assassins, mais pour qu'il y mette les doigts et qu'à travers le trou ouvert par la lance il sente battre le cœur et pour qu'Il arrache enfin à l'incrédule le cri d'adoration que les générations fidèles se sont transmises jusqu'à nous : « Mon Seigneur et mon Dieu! »

Non, ne cédons jamais à la tentation de mépriser une humanité dont le Fils de Dieu n'a pas seulement revêtu la chair et assumé la nature, mais qu'Il a consacrée par son amour. Et si nous ne devons pas céder à la tentation de mépriser les autres, nous ne devons pas non plus céder à la tentation de nous mépriser nous-mêmes.

Certes, il faut aller jusqu'à l'horreur quand on se connaît, comme disait Bossuet. N'empêche qu'il y a là un risque pour beaucoup d'âmes, car le pire en peut naître, si ce pire est le désespoir. Que de jeunes garçons, que de jeunes filles, après s'être longtemps débattus, se sont débarrassés d'un amour dont ils ne se jugeaient plus dignes. L'enseignement que les enfants catholiques de ma génération ont reçu les exposait grandement à ce péril. On ne cessait, durant les retraites, de nous rappeler l'horrible mot de Blanche de Castille à saint Louis : « qu'elle aimerait mieux le voir mort à ses pieds que coupable d'un seul péché mortel ». Le paralytique couché aux pieds du Seigneur était forcément chargé de toutes les fautes d'une pauvre vie d'homme. Le Seigneur les voit, Il les tient sous son tendre regard, Il n'interroge même pas, Il ne s'indigne pas. Une parole suffit : « Tes péchés te sont remis. »

Lui qui est venu chercher et sauver ce qui était perdu, c'est trop peu dire qu'Il ne nous méprise pas à cause de nos péchés. Il a tout assumé de la nature humaine sauf le péché, et c'est pourtant le péché qui demeure le lien de Lui à nous. C'est pour ce prodigue qui a bassement dissipé son patrimoine à manger et à boire avec les filles publiques qu'Il est venu, c'est pour cette femme adultère et pour cette courtisane. Je n'oserai dire que c'est ce qu'Il aime en nous, car c'est notre repentir qu'Il aime et Il hait le péché, mais c'est pour le péché qu'Il est venu et c'est souvent par cette blessure secrète, par cette faille au plus caché de l'être, qu'Il fraye sa route à travers un pauvre cœur.

On dirait que notre puissance même pour nous avilir fait apparaître sous son regard l'incomparable grandeur de l'âme humaine. Je crois qu'il entre plus que de la compassion, mais un sentiment qui ressemble au respect, dans la parole adressée à la femme surprise en adultère : « Moi non plus Je ne te condamnerai pas », comme si son regard de Dieu discernait dans les pires attachements un impalpable germe de l'éternel amour. De quel ton Il s'adresse à cette pécheresse de Samarie, qui devait être mal vue parmi les siens, à qui peut-être les femmes vertueuses ne parlaient pas. Non, nous ne céderons pas au mépris de nous-mêmes. Nous ne croirons jamais qu'il ne peut plus y avoir de pardon pour nous. Cette chair dont nous sommes si honteux parfois, et qui ne cesse de nous humilier, c'est elle pourtant qui a fait de chacun de nous le frère du Seigneur.

Le Christ aussi a été un homme. Mais Il est encore, Il est toujours un homme.

Il est encore, Il est toujours quelqu'un de vivant, dont nous connaissons le visage et à qui nous parlons, et qui nous parle. Cette union du plus humble chrétien, s'il est en état de grâce, avec le Verbe incarné, échappe à tout commentaire. Car il ne s'agit pas ici de la contemplation des saints, mais de cette familiarité quotidienne qui ne va pas sans péril, bien sûr, sans tous les risques de l'accoutumance, de la sensiblerie et de la fausse piété. N'importe! nous y sommes, nous, catholiques, tellement accoutumés, qu'il faut nous entretenir avec nos amis de l'Islam pour comprendre ce qu'est la solitude du croyant devant l'Être infini, en dehors de l'Incarnation, et ce que signifie pour nous, dans notre vie, la foi en ce Dieu qui est notre frère, en cet homme qui est notre Dieu.

Merveille qui ne s'explique pas : autant de catholiques fervents qu'il y ait dans le monde, c'est autant de secrets incommunicables et qui ne peuvent tenir dans les mots. Je mets à part les saints dont la vocation est d'être manifestés, malgré eux le plus souvent, aux yeux des hommes; mais les chrétiens ordinaires se taisent et meurent avec leur secret.

Pas toujours : le Seigneur a voulu quelquefois que fût connu l'un de ces dialogues sans nombre qu'Il entretient avec les âmes fidèles. C'est ce qui est advenu pour l'un d'eux. Le 23 novembre 1694 depuis environ dix heures et demie du soir jusqu'à environ minuit et demie, Blaise Pascal vit ce feu ou le sentit brûler au-dedans de lui, en même temps qu'il connut la certitude, la paix, la renonciation totale et douce, les pleurs de joie.

Le document qui en porte le témoignage, il l'avait écrit pour lui seul et si après sa mort un domestique ne l'avait découvert dans la doublure de son pourpoint, nous n'aurions jamais su de quelle grâce fut comblé, cette nuit-là, un des plus grands esprits qui ait jamais existé et qui par les humiliations avait su s'offrir aux inspirations.

Il nous aide à comprendre ce que signifie pour nous que le Christ ait été Lui aussi un homme et que son agonie dure encore et qu'il ne faut pas dormir pendant que le Fils de l'Homme veille et souffre : la veille, le sommeil, l'agonie, la mort, tous ces états de la condition humaine, notre Dieu les partage avec nous parce qu'Il a été un homme Lui aussi, mais un homme à l'innombrable présence puisqu'Il est Dieu. Présent d'abord au sein de l'Église, le Fils de l'Homme l'est par sa grâce au-dedans de nous, comme Il l'est dans le sacrement de l'autel et lorsque nous sommes réunis deux ou trois en son nom, comme Il l'est dans chacun de nos frères. Aucune rencontre où ce ne soit Lui que nous ne rencontrions, aucune solitude où Il ne nous rejoigne, aucun silence où ne retentisse cette voix qui, bien loin de le troubler, approfondit le silence.

Quelle grâce! mais une grâce que nous n'avons pas le droit de garder pour nous seuls. Ne ressemblons pas à ce Nicodème qui ne s'entretenait avec le Seigneur qu'en secret et la nuit. Notre vie cachée avec le Christ concerne le citoyen que nous sommes. Nous ne pouvons approuver ou pratiquer, au nom de César dans notre vie publique, ce que le Seigneur condamne et réprouve et maudit : les manquements à la parole donnée, l'exploitation des pauvres, la torture policière, les régimes de terreur. Si nous avions été doux, nous aurions possédé la terre, selon la promesse qui nous avait été donnée sur la montagne.

# VI

## Présence du fils de l'homme dans le Prêtre

« Je te suis présent par ma parole dans l'Écriture, par mon esprit dans l'Église et par les inspirations, par *ma puissance dans les prêtres...* » Ces mots que Pascal prête au Christ éclairent un des aspects de la présence du Seigneur au milieu de nous; le mieux fait pour créer des équivoques, entraîner des abus de pouvoir et pire que cela, des sacrilèges cachés ou visibles : sa puissance dans les prêtres... Et pourtant c'est le sacerdoce qui maintient, au plus épais de l'humanité souillée, ce pouvoir de remettre les péchés qui, dans le Fils de l'Homme révélait le Fils de Dieu. Cette pierre d'achoppement pour tant d'esprits rebelles, qu'est le prêtre, la caste sacerdotale détentrice d'une puissance spirituelle qu'à travers l'Histoire elle s'est souvent mal défendue d'utiliser en vue d'une domination temporelle, c'est cela qui constitue pourtant au milieu de nous le signe sensible de la présence du Christ vivant.

L'instrument ici ne pouvait être que nous-mêmes : Le Créateur n'avait à sa disposition que la créature. Ces hommes ordinaires pareils à tous les autres, appelés à devenir le Christ quand ils lèvent la main au-dessus du front d'un pécheur qui avoue sa faute et qui demande grâce, ou lorsqu'ils prennent du pain entre leurs mains « saintes et vénérables », ou lorsque élevant le calice de l'alliance nouvelle, ils refont l'acte insondable du Seigneur lui-même. Oui, des hommes pareils à tous les autres, mais appelés plus que les autres à la sainteté, des condamnés à la sainteté forcée, voilà ce que sont les prêtres. Que beaucoup y échouent, c'est là le scandale dont l'Église ne cesse de souffrir depuis le premier jour. Qu'un plus grand nombre, s'ils faiblissent parfois, demeurent fidèles, et ne déshonorent pas en eux ce pouvoir qui leur a été conféré, c'est le miracle auquel nous sommes accoutumés et que nous ne voyons même plus. Et pourtant quel mystère que ce sacerdoce ininterrompu à travers les siècles, et surtout peut-être à travers le nôtre qui bafoue la chasteté et qui par toutes ses techniques, presse, cinéma, radio, télévision, à toute heure du jour et de la nuit incite l'animal humain à l'assouvissement!

C'est la faiblesse de l'Église catholique, c'est le défaut de sa cuirasse et par où elle apparaît le plus vulnérable (même aux siècles de foi la moquerie des conteurs s'est toujours nourrie du curé et du moine). Il n'empêche que dans cette misère éclate le signe de la véritable Église, celle où la parole demeure vivante : « Le ciel et la terre

passeront. Mes paroles ne passeront pas. »
Il ne s'agit pas seulement ici d'une
durée de ces paroles dans la mémoire des
hommes, mais de leur action, de leur
pouvoir. Elles continuent d'agir, d'être
efficaces, de consacrer le corps de
Christ, de remettre les péchés (non
certes magiquement, mais parce que
c'est le Christ vivant qui les prononce),
elles sont enfin « esprit et vie ».

L'humanité de la plupart des prêtres
recouvre le Christ en eux, Le cache au
point qu'Il s'y trouve comme enseveli.
Il n'empêche que le moins « spirituel »,
dès qu'il dit à mi-voix la parole de
l'absolution ou celles de la consécration, s'identifie au Seigneur, devient le
Seigneur. Et lorsque le prêtre est ce
qu'on appelle « un saint prêtre » alors
le Seigneur affleure, devient visible. Il
est là tout à coup. Et quelquefois Il se
manifeste mieux encore dans des gestes
moins solennels. Au moment de la
séparation des vacances, mon humble
Père spirituel m'a dit : « Je veux vous

bénir... » Et ce seul signe sur moi m'a transporté, sans que je fisse rien que de courber le front, en présence du Fils de l'Homme. J'aurais pu mettre le doigt dans la plaie du côté et dans les blessures des mains, si ce Père comme tant d'autres, depuis saint Paul, avait porté dans sa chair les marques de la passion du Christ. Mais ce contact n'eût fait que me rendre plus sensible une présence déjà pour moi indubitable.

Le péril qu'entraîne en pays chrétien et aux époques de foi, un tel pouvoir accordé à des hommes, la tentation qu'avait César de l'utiliser pour dominer les peuples, et Pierre de s'en servir pour dominer César, c'est notre histoire depuis mille ans. « Le Sacerdoce et l'Empire », leur duel à travers les siècles comporte une complicité. Nous en scandaliserons-nous? La grâce se surajoute à la nature de l'homme, elle ne la change pas. La volonté de puissance inhérente à la créature humaine se sert de tout et même de ce Christ qui s'est en quelque sorte livré à elle. Et il fallait qu'il en fût ainsi en dépit de tous les risques. Il fallait que la parole, « tes péchés te sont remis », fût prononcée autant de fois qu'un pécheur se repentirait, par un homme qui tout à coup serait le Christ. Ainsi s'est-il rendu prisonnier de sa créature. Il faudrait que tous les prêtres fussent des saints. Et nous avons besoin d'un grand nombre de prêtres : contradiction dont l'Église visible cherche à se délivrer dans ce combat douteux entre la grâce et la nature au sein du Sacerdoce et qui durera jusqu'à la fin du monde.

Je me dérobe devant ce que je pourrais écrire à ce sujet, préférant montrer ici un saint prêtre tel que me l'a fait connaître une biographie récente, un prêtre exceptionnel, certes : la sainteté l'est toujours et même parmi les personnes consacrées; mais pourtant il m'en rappelle d'autres que j'ai connus : cet abbé Huvelin, ce simple vicaire de

Saint-Augustin a d'innombrables frères qui lui ressemblent. Mais lui, il convertit et dirigea le Père de Foucauld, et par là son nom est assuré d'atteindre aux époques lointaines : c'est un saint inconnu caché dans l'ombre d'un saint célèbre. Leurs destins, dans le temps et dans l'éternité, se confondent.

*\*\**

Donc Charles de Foucauld, à un moment de sa vie, rencontra un prêtre. Tout a commencé pour lui ce matin d'octobre 1886 dans un confessionnal de l'église Saint-Augustin, à Paris. Rien de si commun que cette rencontre d'un confesseur et d'un pénitent? Rien de si étrange, au contraire. Écoutons ce dialogue entre le vicomte de Foucauld, qui était demeuré debout, et l'ombre entrevue derrière la grille : « Monsieur l'Abbé, je n'ai pas la foi. Je viens vous demander de m'instruire. — Mettez-vous à genoux, confessez-vous à Dieu et vous croirez. — Mais je ne suis pas venu pour cela! — Confessez-vous. »

Qui était donc ce prêtre pour violenter ainsi cet incrédule? Selon la raison, mais même selon la Grâce, il n'eût été approuvé de personne si le pécheur s'était rebiffé et s'il avait pris le large. Mais l'homme s'agenouilla et se déchargea d'un seul coup de tout ce qu'il avait accompli au long de sa triste jeunesse. Et alors il crut.

Le prêtre, un simple vicaire qui s'appelait l'abbé Huvelin, alla de l'avant, par cet ordre encore plus inattendu : « Vous êtes à jeun? Allez communier. » Hé quoi ! sans autre préparation ? Charles de Foucauld se leva, et cette communion fut la première du saint qu'il était devenu. Si nous considérons la destinée qui se nouait en ce lieu et à cette heure, il nous faut admettre que le vicaire de Saint-Augustin avait vu par-delà les apparences quelle âme lui était adressée : ce don de voyance

existe et il est dévolu à quelques-uns.
Ou peut-être, sans rien voir, l'abbé
Huvelin obéissait-il à une inspiration
qui lui était donnée.

Qui était ce prêtre? Je me souviens,
dans ma jeunesse, d'en avoir entendu
parler chez Robert Vallery-Radot par
de pieuses femmes qui l'avaient connu;
mais je n'avais prêté à ce qu'on m'en
disait qu'une oreille distraite. Qui était-
il? De ceux dont l'humilité redoute,
semble-t-il, les glorifications futures. Ils
brouillent leurs traces; ils se donnent,
souffrent et meurent. Tout ce qu'ils
ont fait, dit ou écrit, des âmes en ont
vécu, mais il n'en reste rien, pas
même de quoi nourrir une biographie.
L'abbé Huvelin appartenait à cette
espèce obscure, et son souvenir se fût
perdu si le Père de Foucauld ne l'eût
entraîné dans son sillage. Il demeurera
à jamais lié à son pénitent d'octobre 1886 qui lui-même, onze ans plus
tard, dans une méditation datée de
Nazareth, s'écriait : « Mon Dieu, vous

m'avez mis sous les ailes de ce saint et j'y suis resté. Vous m'avez porté par ses mains. » Tant que l'abbé Huvelin a vécu, le Père de Foucauld est demeuré dans son ombre. C'est dans l'ombre du Père de Foucauld glorifié que désormais l'abbé Huvelin demeure.

Qui était-il? Ce matin d'octobre 1886 où il fait violence à une âme nous révèle le trait essentiel de sa nature, ou plutôt le caractère singulier de sa vocation qui s'est exprimée un jour dans cette confidence : « Je ne puis regarder personne sans désirer donner l'absolution. » C'est à mon sens le mot le plus beau qui ait jamais échappé à une âme sacerdotale, et le plus vrai, celui qui l'identifie le plus étroitement à son Maître. Car la parole de la messe : « Ceci est mon corps livré pour vous, faites ceci en mémoire de Moi... » n'a été dite qu'une fois dans une circonstance très singulière. Mais dans combien de rencontres, devant une créature étendue sur un grabat, ou adorante et prosternée, le Seigneur a dû dire : « Tes péchés te sont remis! » Il était venu pour chercher et pour sauver ce qui était perdu. C'est pour cela aussi que chaque prêtre est venu. L'abbé Huvelin, qui ne peut regarder personne sans désirer l'absoudre, arrête sur chaque visage le regard même du Christ.

Mais il faut comprendre le sens de ce désir surhumain. Il ne s'agit pas ici d'une facilité; il ne s'agit pas du geste qui donne sans qu'il en coûte rien. Pour l'abbé Huvelin, ce récit de sa vie en témoigne, confesser une âme, c'est se charger d'elle, se charger d'elle à la lettre, c'est assumer le destin d'un autre. Le prêtre qui ne peut voir personne sans désirer l'absoudre le paie de sa vie crucifiée.

A l'École normale de la rue d'Ulm, le jeune Huvelin s'est déjà donné. Il est pareil aux autres en apparence, aussi gai, aussi vivant. Mais voici qui étonne les jeunes ogres qui l'entourent :

il se prive de nourriture. Il s'en prive au point que ses camarades qui l'aiment s'inquiètent pour lui et vont faire un rapport au directeur de l'École. Nous avons compris : cet adolescent a déjà choisi de payer pour les autres. Il a commencé de prendre à son compte tout ce que des générations de pécheurs viendront déverser dans le confessionnal de Saint-Augustin (contre le mur, du côté de l'Épitre, il n'existe plus).

Très tôt, la souffrance vint s'abattre sur ce corps déformé par la goutte. Jamais il ne s'est interrompu de prêcher et de confesser. L'adolescent de la rue d'Ulm, dont les jeûnes effrayaient ses camarades, devint ce prêtre malade qui, à cause de la servante, défaisait son lit et froissait les oreillers, mais qui passait la nuit étendu sur le plancher. Il montait en chaire, soutenu par le bedeau, écrasé et d'abord sans voix, et tout à coup elle s'élevait, emplissait la nef. Que disait-il? Ceci, par exemple : « **Peut**-on réparer sans souffrir? Les prédications du Seigneur, ses paroles sont-elles le prix des âmes? Non. La conquête des âmes, c'est le prix de son sang. Attire-t-on ces âmes en les enlaçant par de petites industries? Non. Il faut souffrir pour attirer une âme et pour la rendre à Dieu. » Il a prononcé un jour cette parole qui en dit long sur ce qu'il a osé braver : « Le directeur doit éprouver, non sous forme de tentation, mais d'expérience, ce dont il doit protéger les autres. » Nous comprenons alors ce que voulait dire une de ses pénitentes : « J'en connais qu'il a sauvés par le sentiment qu'il leur a inspiré du mal que lui causait l'aveu de certaines fautes et de certaines rechutes. »

« Je ne puis regarder personne sans désirer donner l'absolution... » Jusqu'où l'abbé Huvelin est-il allé dans la folie de ce désir? Ce fut lui, non peut-être qui convertit Littré (qui donc a jamais converti personne?), mais ce fut lui qui durant les derniers mois de la vie du vieux positiviste ne le quitta guère et l'amena jusqu'à ce baptême d'avant le dernier soupir qui a suscité tant de polémiques. Ce qui paraît probable, en tout cas, c'est que les derniers entretiens de Littré et de l'abbé Huvelin ne furent qu'une longue confession. Le prêtre résista-t-il à la tentation d'absoudre ce pénitent illustre qui n'était pas encore baptisé? Tout nous incline à croire qu'il y céda en effet, comme six années plus tard il absoudra Charles de Foucauld encore incrédule.

L'amour est téméraire. Nous voyons l'abbé Huvelin poursuivre un défroqué fameux : Hyacinthe Loyson — ce même Hyacinthe Loyson qui fut à l'origine de la demi-disgrâce du cher abbé Mugnier. Peut-on assurer que, cette fois-là, l'abbé Huvelin ait échoué? Le 14 juin 1908, Hyacinthe Loyson lui écrivait : « Quand l'heure viendra, vous serez averti par mes proches. Alors agenouillez-vous en esprit auprès de ma couche dernière et dites du fond de votre cœur ami et croyant la belle prière de l'Église : *Proficiscere, anima christiana!* » Tels étaient les échecs de l'abbé Huvelin.

Tandis que, de trappe en trappe, de Nazareth à Béni-Abbès et à Tamanrasset, le Père de Foucauld atteint au martyre qu'il avait tant désiré, son directeur demeure obscurément à Paris dans cette église de Saint-Augustin (que je verrai d'un autre œil désormais à cause de lui), traînant son corps douloureux de l'autel à la chaire et de la chaire au confessionnal, jusqu'au 10 juillet 1910 où il est terrassé en revenant de confesser un mourant. Son agonie fut silencieuse. Il murmura pourtant trois mots : « *Amabo nunquam satis* » (je n'aimerai jamais assez).

Si Bernanos vivait, peut-être souhaiterions-nous qu'il reprît les thèmes que cette vie nous propose, qu'il les confrontât avec les intuitions fulgurantes qu'il avait, lui, laïc, de ce qu'est un saint prêtre — comme s'il en eût porté en lui le germe non pas étouffé mais vivant, comme si les personnages inventés par le romancier délivraient en lui une créature consacrée. Il a vécu comme un homme qui ne trouve de place nulle part, et peut-être ne nous insultait-il que parce qu'il n'avait pas le pouvoir sacerdotal de l'abbé Huvelin pour nous pardonner.

Ce qui éclate dans le vicaire de Saint-Augustin, c'est la puissance du prêtre. Non « la puissance et la gloire », mais la puissance et l'opprobre.

# ÉPILOGUE

L'apaisement de l'angoisse.

S'il fallait chercher une raison humaine à ma fidélité au Christ en ce soir de ma vie, je nommerais l'apaisement de l'angoisse. Non, ce n'est pas la peur qui enfante les dieux comme le voulait Lucrèce. Mais l'angoisse n'est pas la peur, notre angoisse très singulière, celle que nous n'avons apprise de personne, qui nous a étreint le cœur dès que nous avons commencé à prendre conscience de ce qu'il y a de tragique dans le fait d'être un homme vivant, c'est-à-dire un condamné à mort qui bénéficie d'un sursis dont la durée lui est inconnue. Mais il se réduit d'année en année, ce sursis, et notre vie ressemble à cette peau de chagrin que le héros de Balzac regarde avec terreur se contracter jusqu'à n'être guère plus large qu'un écu dans sa main tremblante.

L'angoisse est tellement consubstantielle à la condition humaine qu'elle se manifeste dès l'enfance et avec quelle cruauté! Nous nous rappelons jusqu'à les ressentir encore, jusqu'à les revivre, ces premières épouvantes dans la chambre sans veilleuse, nous entendons encore ces pas lents et pesants dans l'escalier, nous cachons encore notre tête sous le drap. Nous sentons ces larmes brûlantes sur nos joues lorsque, depuis notre couche de pensionnaire, nous regardions la flamme du gaz dessiner des ombres vacillantes sur le mur du dortoir. Peut-être fûmes-nous ce petit garçon un peu brimé qui se sentait moins vigoureux que les autres dans la cour pleine de cris et de disputes. Peut-être avons-nous frémi à la pensée d'être appelé au tableau par un professeur méprisant et habile à faire de nous aux yeux de la classe un enfant ridicule et idiot.

Peut-être enfin y avait-il dans la maison de nos parents la chambre où quelqu'un était mort peu d'années ou peu de mois auparavant et dont les volets demeuraient à jamais clos sur un mystère horrible; chaque objet semblait en avoir subi le sombre enchantement : le verre d'eau, la pendule arrêtée, le fauteuil encore affaissé près de la cheminée où le feu ne serait plus jamais allumé.

Oui, chez beaucoup d'enfants, l'angoisse est un état secret permanent, qui exige pour ne pas aller jusqu'à la folie cette tendresse sans limites dont la mère le baigne et le caresse à tous les instants du jour et même au sein de la grande terreur nocturne lorsque tout à coup nous sentions sur notre front la main chérie et ce souffle dans nos cheveux et qu'une voix doucement grondeuse murmurait : « Qu'y a-t-il, petit sot? De quoi as-tu peur? Je suis là, ferme les yeux, dors. »

De quoi donc avions-nous peur ? Voici la première constatation que ces souvenirs nous aident à faire : l'angoisse ne nous vient pas du dehors, elle n'est aucunement liée aux catastrophes d'une époque donnée. L'enfant angoissé que je fus vivait dans un temps où la guerre que nous faisions ne concernait que le roi Béhanzin et où le refrain que chantait un aveugle dans la cour de la maison me rappelait que nous venions de planter le drapeau français à Madagascar. On se disputait beaucoup autour de nous à propos d'un certain Dreyfus mais ses malheurs ne nous attendrissaient pas le moins du monde, et presque toutes les grandes personnes que je voyais, qui n'eussent pas fait de mal à une mouche, n'avaient qu'une peur : c'était que Dreyfus ne fut pas recondamné. Mon angoisse d'homme existait chez cet enfant d'une famille aisée dans une III$^e$ République bourgeoise, puissante, riche, pacifique quoique conquérante à bon compte.

Et, certes, je ne prétends point que l'ère des calamités qui s'est ouverte en 1914 et dont les premiers grondements ont retenti beaucoup plus tôt, n'a pas nourri l'angoisse moderne, qu'il n'y ait pas un rapport de cause à effet entre le malheur des temps et l'angoisse existentielle devant « l'être dans le monde ». Mais les événements, si tragiques qu'ils aient été, s'ils nous ont obligé à confondre notre angoisse avec les péripéties de l'Histoire, ils ne l'ont pas créée. Disons qu'ils ne nous ont plus permis de nous en divertir, au sens pascalien, ni de la nier. Mais ce que je crois, c'est que même aux époques où l'Histoire ne fournissait rien à l'Homme qui fût singulièrement tragique, aux époques paisibles et heureuses — paisibles et heureuses du moins pour les privilégiés — car pour la classe ouvrière il n'y a jamais eu d'époque heureuse, il n'en a pas moins été pris à la gorge par le malheur d'être un homme qui aime et qui n'est pas aimé, qui est aimé et qui n'aime pas, qui avait un fils et qui l'a perdu, qui a été jeune et qui ne l'est plus, qui a été fort et puissant et qui écoute un jour le médecin lui dire après un long examen : « On peut tenter peut-être une opération... » et qui écoute les autos dans la rue, une radio à l'étage au-dessus, un rire de femme, et qui sait que dans six mois, il sera mort.

Et même si cette épreuve lui est épargnée, il reste ce suffisant supplice, comme Michelet appelait la vieillesse, ces successives défaillances, ce déclin de la pensée, cette approche graduelle et feutrée de l'inéluctable dissolution.

Voilà le point précis où je me sépare de l'expérience d'un Michelet et de beaucoup d'autres et je crie avec le Père Lacordaire : « Mes frères je vous apporte le bonheur. » Je vous apporte le bonheur, l'espèce de bonheur qu'un chrétien commence à découvrir à mon âge. A mesure que j'ai vieilli, c'est un fait que l'angoisse a desserré son étreinte. « L'homme qui vieillit prend davantage conscience de l'éternel, dit Romano Gardini. Il s'agite moins et ainsi les voix venant de l'au-delà se font mieux entendre. L'éternité envahissante fait pâlir la réalité du temps. » Je connais une prière de sainte Gertrude qui devait être très vieille quand elle la récitait où elle appelle le Christ : « Amour du soir de ma vie » où elle lui adresse cette invocation : « O mon Jésus du soir faites-moi m'endormir en Vous d'un sommeil tranquille... » Mais tout dans cet ordre avait déjà été exprimé à l'aube de l'ère chrétienne lorsque le vieillard Siméon pressa contre sa poitrine son Dieu enfant : *Nunc dimittis servum tuum, Domine...*

Le Christ ne constitue pas une défense que nous inventons contre l'angoisse, puisque c'est au contraire au long de notre orageuse jeunesse où l'angoisse était notre état permanent que nous n'avions pas recours à Lui, que nous demeurions séparé de Lui. Non, ce n'est pas notre angoisse qui crée Dieu; cet apaisement, ce silence sur notre destin finissant nous permet enfin d'être attentif à la réponse qui nous a été donnée inlassablement au long de notre vie tourmentée, mais nous préférions notre souffrance parce que nous préférions notre péché. Que sais-je aujourd'hui de plus que l'adolescent désespéré que je fus ne savait pas? Au vrai, il le savait, mais il n'aimait pas le bonheur, il n'aimait pas la paix. Il nous faut beaucoup de temps pour apprendre à L'aimer. Il n'y a rien à attendre de moi sur ce sujet de l'angoisse qui ne soit de ma propre expérience : adolescent j'aimais mon angoisse et je la préférais à Dieu. Bien loin qu'elle m'ait incité à imaginer un Dieu pour me délivrer d'elle, je lui demandais au contraire des raisons et des excuses pour me dérober à cette présence en moi et autour de moi d'un amour auquel je préférais ma tristesse née de la convoitise.

Non, ce n'est pas l'angoisse qui crée le Père qui est au ciel et que le Christ nous a appris à connaître et à aimer. C'est elle au contraire, c'est cette sombre délectation qui durant notre interminable jeunesse — oui, interminable, car le cœur demeure jeune longtemps après que nous ne le sommes plus — c'est cette délectation de l'angoisse qui nous incline à nous détourner de Dieu et même à nier qu'Il existe. Elle nous fournit d'arguments et de preuves contre sa bonté, contre son amour.

Et, sans doute cela n'est pas vrai de tous les hommes, mais des écrivains, des poètes qui chérissent dans leur angoisse la source même de leur inspiration, et très précisément dans cette forme d'angoisse qui naît d'un attrait pour Dieu combattu par la chair et le sang. Oui, peut-être... J'ai souvent cité pour me l'appliquer cette image de

Maurice de Guérin comparant sa pensée à un feu du ciel qui brûle à l'horizon entre deux mondes. C'est ce déchirement de l'être incapable de choisir entre le monde et Dieu qui constitue en effet le drame de beaucoup d'artistes et qui fait leur tourment et leurs délices.

« Si tu connaissais le don de Dieu... » disait le Christ à la femme de Samarie. Et quel est le don de Dieu? C'est précisément le contraire de l'angoisse : « Je vous laisse la paix, Je vous donne ma paix », répétait-Il à ses amis dans cette dernière nuit, avant qu'Il entrât en agonie. C'est très précisément de cette paix que nous ne voulons pas, c'est elle qui nous paraît redoutable parce qu'encore une fois nous n'aimons pas la paix. « Levez-vous, orages désirés! » Ce cri de René à l'aube des temps romantiques révèle la vocation de tant de jeunes êtres pour le malheur. Les poètes maudits, c'est à eux d'abord que nous sommes allés, et cela d'abord

## ÉPILOGUE

nous attire dans le prince des ténèbres, son éternelle tristesse. Littérature? oui, bien sûr, mais c'est une étrange littérature que ce désespoir qui a été si souvent dans les milieux surréalistes authentifié par le suicide. Saint Jean la dénonce, cette haine de la paix : il nous dit que la lumière est venue dans ce monde, et que les hommes l'ont refusée parce qu'ils préféraient les ténèbres. La créature cherche les ténèbres pour s'assouvir et pour n'être pas vue. La victoire du Christ dans une vie se ramène à cette difficile acceptation de la paix dans la lumière.

Et j'entends bien l'objection; le christianisme lui aussi est angoisse et ce n'est pas assez dire qu'il existe une angoisse chrétienne. Tous ceux qui se sont dressés contre le christianisme au XIXe siècle l'ont accusé d'être contre nature, ils l'ont accusé d'avoir enténébré le monde, d'avoir calomnié la vie. Certes! Le nom de christianisme recouvre beaucoup de tendances qui s'affrontent et à propos desquelles les chrétiens se sont entredéchirés. Et ceux qui avaient été appelés à s'aimer les uns les autres, se sont brûlés les uns les autres. Il existe beaucoup de demeures dans la maison du Père et l'une d'elles, de Saint-Augustin à Calvin et à Jansénius, s'est édifiée sous le signe du tremblement et de la crainte : de l'angoisse au sens le plus dur. Car il existe une angoisse qui est douce, celle de l'amour qui tient tout entière dans le regret d'avoir offensé l'être aimé, dans la peur de n'être plus aimé de lui ou de ne plus sentir nous-mêmes que nous l'aimons. L'amour de la créature pour son Créateur n'est pas plus exempt de ce que Marcel Proust appelait les intermittences du cœur que les affections humaines. Mais ce n'est pas de ce tourment-là qu'il s'agit quand nous parlons de tremblement et de crainte.

M. de Saint-Cyran m'a toujours paru être un théologien de l'espèce la plus sinistre. Disons qu'en France, et pour ne parler que de la France, Port-Royal demeure la plus illustre source de cette angoisse centrée sur la hantise du salut individuel. L'être infini refuse ou donne sa Grâce selon un imprévisible dessein à la créature souillée dès sa naissance, totalement impuissante, sauf pour le mal; car en ce qui concerne le mal, elle a le pouvoir d'un dieu. Ainsi sommes-nous livrés nus, tremblants, désarmés, à cet arbitraire infini. Telle est la racine de l'angoisse janséniste.

Impossible de faire tenir en quelques mots ce qui est la matière d'une œuvre immense à laquelle ont collaboré, au long des siècles, toute une lignée de penseurs chrétiens. (Pascal, en fait, se sépare de Luther et de Calvin et de la justification par la foi seule.) Je montre seulement cette source permanente d'angoisse et même de désespoir qu'une certaine théologie a fait jaillir du cœur ouvert par la lance. Elle a suscité cette famille innombrable et lamentable, terreur des confesseurs catholiques, les scrupuleux et les scrupuleuses, obsédés par des vétilles, adorateurs d'une divinité tatillonne et avec laquelle il faut ruser. André Gide dénonçait chez les catholiques « la crampe du salut ». Crampe si douloureuse que beaucoup de garçons qui d'abord avaient suivi le Christ, s'en sont éloignés pour échapper à cette hantise, à cette obsession du compte à rendre de leur moindre désir, de leur moindre pensée. Ils jettent tout par-dessus bord de l'héritage chrétien. « Ce qu'il y a de merveilleux dans le communisme, me disait un jour l'un d'eux devenu marxiste, c'est que mon salut personnel ne m'intéresse plus. »

Ce que je propose pour nous défendre de cette forme d'angoisse, c'est une autre angoisse, mais qui, elle, est génératrice de paix, de joie. Ce que je propose, c'est une sorte d'homéopathie spirituelle, c'est la délivrance de l'angoisse par l'angoisse.

La hantise du salut individuel ne sera dominée en nous et vaincue que si nous la transposons dans l'ordre de la charité. Non, il va sans dire, que nous ne devions en nourrir le désir et que toute la vie du chrétien ne doive tendre à la vie éternelle, à l'éternelle possession de son amour qui est le Christ. Le désir passionné du salut, oui! — mais non la hantise, l'obsession au sens pathologique du terme. Durant notre jeunesse, nous fûmes nombreux à nous enchanter de la parole que Pascal prête au Christ : « Je pensais à toi dans mon agonie. J'ai versé telles gouttes de sang pour toi. » Elle m'enchante moins aujourd'hui parce que je discerne dans ce désir de la goutte de sang versée pour nous en particulier le contentement de la créature qui se résigne à la réprobation éternelle de la plus grande part de l'espèce humaine et que ne tourmente pas la pensée d'être mis à part avec le petit troupeau des élus.

L'angoisse transmuée en charité,

*l'angoisse de l'autre,* nous délivre de l'épouvante ressentie par tant d'âmes chrétiennes devant le mystère de la prédestination et elle nous libère de l'obsession du salut personnel, non dans ce qu'il a de nécessaire, mais dans ce qu'il a de morbide. Notre angoisse ne nous concerne plus seuls : elle s'élargit à la mesure de l'humanité ou, en tout cas, de cette part de l'humanité qui est pour nous « le prochain » et qui peut s'étendre à une classe sociale, à des races entières. Pour un prêtre ouvrier, le prochain, c'est toute la classe ouvrière, comme c'était pour nous toute la race juive au temps de la persécution nazie.

Pour Sartre, l'enfer c'est les autres, mais pour nous, les autres c'est le Christ. Il nous dit Lui-même que le Fils de l'Homme est venu chercher et sauver ce qui était perdu, oui, *tout* ce qui était perdu, et non pas seulement tel ou tel à qui Il aurait consacré en particulier une avare goutte de sang.

## ÉPILOGUE

La vie chrétienne est d'abord un rapport personnel de chacun de nous avec Dieu : « Ce n'est pas vous qui M'avez choisi, c'est Moi qui vous ai choisis. » Il va sans dire que l'élargissement de notre angoisse à la mesure de la souffrance des hommes ne donnera tous ses fruits que si notre apostolat s'enracine dans une vie d'étroite intimité avec le Christ. Je crois, j'ai toujours cru que la vie chrétienne est essentiellement une amitié, un amour, donc ce qu'il y a de plus personnel, de plus individuel, et que chacun de nous a été appelé par son nom et qu'au départ de toute conversion, il y a cette rencontre au détour du chemin dont parle Lacordaire, cet Être adorable, exigeant, tenace, que rien ne décourage, et à qui nous préférons tant de créatures que nous délaissons les unes après les autres ou qui nous délaissent; et Lui, Il est là, Il est toujours là, jamais si près de nous que lorsque nous Le croyons très loin, attendant son heure qui pour tant d'hommes, hélas, n'est que la toute dernière, alors qu'il ne leur reste plus aucune possibilité de trahison.

Mais qu'a fait notre amour, qu'a fait ce Christ que chaque fidèle s'efforce d'imiter, sinon d'assumer l'angoisse humaine? Nous devons donc l'assumer nous aussi. Les saints l'ont fait à la lettre jusqu'à s'identifier au Fils abandonné par le Père dans l'horreur de la nuit. Ce secret de la sainte agonie, Bernanos l'avait profondément pénétré. Et c'est ce qui donne aux prêtres qu'il a créés et en particulier à son curé de campagne leur mystérieuse densité. Pour nous, simples fidèles, qu'il nous suffise de nous unir à l'angoisse de nos frères telle que le Seigneur l'a ressentie.

Voilà donc l'étrange remède à l'angoisse que je propose : la paix, la joie sont le fruit de notre angoisse : « Je vous laisse la paix, Je vous donne MA paix, ce n'est pas comme le monde la donne que Je vous la donne... » Nous comprenons maintenant le sens profond de la dernière promesse que le Fils de l'Homme nous ait faite avant d'entrer en agonie : la paix, la joie dans ce comble d'angoisse qui consiste à épouser, chacun selon notre vocation, la souffrance des affamés, des persécutés, des prisonniers, des torturés, des exploités; tel est le paradoxe chrétien.

Nous savons que l'espoir n'est pas l'espérance, que l'on pourrait avoir perdu tout espoir dans le salut temporel de l'humanité, et attendre tout de même le royaume de Dieu : au sein même de l'ère atomique et concentrationnaire, nous l'attendons avec confiance. Mais notre espérance ne concerne pas seulement l'éternité, elle concerne aussi le sombre monde des vivants. Car les crimes de la volonté de puissance à quoi se ramène l'Histoire visible, n'empêchent pas que le levain dont parle le Christ travaille inlassablement la masse humaine. Le

\*

feu qu'Il est venu jeter sur la terre y couve toujours et les plus sanglantes années de l'Histoire sont tout de même des ans de Grâce.

« Que votre règne arrive », nous le demandons dans le Pater, nous sommes des millions et des millions d'êtres humains à le demander depuis près de deux mille ans que cette prière nous a été enseignée, dans une certitude absolue d'être un jour exaucés. Mais nous le sommes déjà, mais le Royaume est déjà venu, il est au milieu de nous, il est au-dedans de nous, de sorte que nous ne sommes jamais battus qu'en apparence : et comme notre angoisse est la condition même de notre paix, notre défaite est la condition même de notre victoire. « Prenez confiance, J'ai vaincu le monde. » Celui qui a jeté ce défi au monde l'a fait à l'heure même où Il allait être trahi, outragé, tourné en dérision, cloué au gibet de l'esclave.

Saint Paul nous dit que la création tout entière gémit et souffre des douleurs de l'enfantement. Notre angoisse est celle qu'inspire un enfantement qui semble interminable à la créature éphémère que nous sommes. Mais nous savons, nous qui avons gardé la foi, quel en sera le terme. A ceux qui succombent à l'angoisse et qui seraient au moment de perdre cœur, nous ne pouvons qu'opposer ce que saint Paul affirmait aux fidèles de Rome : « Qui nous séparera de l'amour du Christ? Sera-ce la tribulation, ou l'angoisse, ou la persécution, ou la faim, ou la nudité, ou le péril, ou l'épée? Mais dans toutes ces épreuves nous sommes plus que vainqueurs par Celui qui nous a aimés. »

Table

# Table des Matières

| | |
|---|---|
| Préface | 1 |
| I. Le mystère du Dieu-Enfant | 5 |
| II. La vie cachée | 25 |
| III. Le mystère de la croix | 43 |
| IV. Présence du Christ ressuscité | 75 |
| V. L'imitation des bourreaux de Jésus-Christ | 127 |
| VI. Présence du Fils de l'Homme dans le prêtre | 155 |
| Épilogue. L'apaisement de l'angoisse... | 173 |

IL A ÉTÉ TIRÉ DE CET OUVRAGE, LE QUARANTE-HUITIÈME DE LA NOUVELLE SÉRIE DES CAHIERS VERTS, MILLE SEPT CENT SOIXANTE-QUATRE EXEMPLAIRES, A SAVOIR : CINQUANTE-DEUX EXEMPLAIRES SUR VERGÉ DE MONTVAL NUMÉROTÉS MONTVAL I à 40 ET MONTVAL I à XII; CENT SOIXANTE-DEUX EXEMPLAIRES SUR VÉLIN PUR FIL LAFUMA NUMÉROTÉS VÉLIN PUR FIL I à 150 ET VÉLIN PUR FIL I à XII ET MILLE TROIS CENT CINQUANTE EXEMPLAIRES SUR ALFA MOUSSE DES PAPETERIES NAVARRE NUMÉROTÉS ALFA I à 1350, PLUS DEUX CENTS EXEMPLAIRES SUR ALFA MOUSSE, HORS COMMERCE RÉSERVÉS A LA PRESSE, NUMÉROTÉS S. P. I à S. P. 200. L'ENSEMBLE DE CES TIRAGES CONSTITUANT L'ÉDITION ORIGINALE.

LA PRÉSENTE ÉDITION (3ᵉ TIRAGE)
A ÉTÉ ACHEVÉE D'IMPRIMER LE
2 FÉVRIER 1959 POUR BERNARD
GRASSET ÉDITEUR A PARIS PAR
L'IMPRIMERIE FLOCH A MAYENNE
(FRANCE), NUMÉRO D'ÉDITION : 1328
DÉPÔT LÉGAL : 4ᵉ TRIMESTRE 1958

(4113)